Heinrich Seidel
Aus dem Weihnachtslande

Heinrich Seidel
Aus dem Weihnachtslande

1.Aufl.
Taschenbuch – Literatur - Klassiker
Herausgeber Frank Weber, Marburg
Bibliografische Information der Deutschen Nationalbibliothek:
Die Deutsche Nationalbibliothek verzeichnet diese Publikation in der
Deutschen Nationalbibliografie; detaillierte bibliografische Daten sind im
Internet abrufbar über http://dnb.dnb.de
© 2021 Heinrich Seidel
ISBN: 9783754322635
Herstellung und Verlag: BoD – Books on Demand, Norderstedt

Inhalt

Heinrich Seidel

Ein Weihnachtsmärchen

Aus: »Am Ostseestrand«, Rostock 1868

Es war einmal ein armer Student, der war recht einsam und allein und hatte keinen Menschen auf der weiten Welt, der sich um ihn gekümmert hätte. Und er hätt doch so gerne jemanden gehabt, den er so recht innig hätte lieben können.

Manchmal saß er wohl in den schönen Sommernächten, wenn der Mond schien, am offenen Fenster seiner kleinen Dachstube und schaute hinaus über die Dächer der großen Stadt, wie sie im Mondenlichte dalagen, und dann dachte er: ob wohl unter diesen Dächern ein Herz noch einmal für ihn schlagen möge, ob er in dieser großen weiten Stadt noch einmal jemand finden werde, der ihn so recht lieb habe, und den er so recht lieb haben könne vom Grunde seines Herzens. Und der Mond schien ihm voll ins Antlitz, und die Sterne blitzten hell hernieder. Ferne standen dunkel und schweigsam die hohen Kirchentürme, und das Rollen und Brausen der großen Stadt drang zu ihm herauf, der großen Stadt, darin er so ganz allein war.

Er war sehr fleißig und arbeitete wohl den ganzen Tag. Wenn dann der Abend kam, eilte er durch das Drängen und Treiben der Stadt ins Freie und freute sich an den lustigen Spielen der Kinder und über die fröhlichen Spaziergänger oder suchte sich eine einsame Stelle, um ungestört seinen Gedanken nachzuhängen.

Eines Tages im Sommer, als er so in der Dämmerung durch die Straßen ging, begegnete ihm ein Mann mit einem Hundekarren. Das war ein recht sonderbarer Mann. Er war nicht groß und etwas buckelig und trug einen langen, grauen Rock mit großen Taschen darin. Ein großer schwarzer Hut mit breiter Krampe verdeckte sein kleines graubärtiges Gesicht, so daß, wenn er mit seinen tief-liegenden, dunklen Augen jemanden ansehen wollte, er den Kopf ganz in den Nacken legen mußte. Er sah mit dem zugeknöpften langen Rocke und dem breitkrämpigen Hut fast wie ein riesiger Pilz aus.

Sein Hund war grau und langhaarig, hatte krumme Beine und einen zottigen Kopf mit klugen Augen. Der Mann ließ seinen Wagen auf der Straße stehen und ging in die Häuser, denn er kaufte Lumpen, Knochen und alle solche Dinge, welche kein Mensch mehr gebrauchen konnte. Hermann sah dem grauen Mann eben nach, wie er in ein Haus ging, als ein Straßenjunge ankam und den armen grauen Hund, der sich nicht wehren konnte, mit einem Stocke neckte. Als der Hund knurrte und bellte und nach dem Stocke schnappte, fing er sogar an, ihn zu prügeln, indem er sich an dem Gewinsel des armen Tieres ergötzte. Hermann geriet in gewaltigen Zorn darüber, riß dem Jungen den Stock aus der Hand und, indem er ihn herzhaft damit prügelte, sagte er: »Warte nur, du sollst auch einmal fühlen, wie das tut.« Der graue Mann war eben wieder aus der Tür getreten und bat Hermann einzuhalten. »Lassen Sie den Jungen nur laufen, er wird es gewiß nicht wieder tun«, meinte er. Hermann ließ den brüllenden und ganz verdutzten Jungen los und streichelte den Hund, der ihm dankbar die Hand leckte. Der alte Mann sah aber den armen Studenten recht freundlich an, drückte ihm die Hand und sagte: »Das will ich Ihnen gedenken . . . komm Bello.«

Hermann hörte noch, wie der alte Mann und sein Bello weiter fuhren, daß er vor sich hinmurmelte: »Das will ich ihm gedenken.« Und Bello wedelte dazu mit dem Schwanze, als wolle er dasselbe sagen.

Oft noch begegnete Hermann dem Lumpensammler auf der Straße; dann nickten sie sich einander freundlich zu und Bello sprang und bellte vor Freude. Der Sommer verging, es ward Herbst, bald fielen die ersten Schneeflocken, und dann kam die schöne Weihnachtszeit.

Der arme Student hatte aber keinen Menschen, der ihm etwas geschenkt hätte, keinen Menschen, der an diesem Abend seiner gedachte.

Am heiligen Abend, als es dunkel wurde, wanderte er durch die Straßen der Stadt, durch das Treiben und Drängen des Weih-nachtsmarktes und war recht traurig und allein.

Er bog in eine dunkle Gasse, es wurde ihm so weh in dem bunten Treiben; da hörte er sich plötzlich angerufen und sah den alten grauen Mann m der Tür eines verfallenen Hauses stehen. Bello sprang ihm fröhlich entgegen. »Kommen Sie herein«, sagte der Mann. »Heute will ich Ihr Weihnachtsmann sein.« Er führte ihn in ein kleines warmes Stübchen. Eine Lampe stand auf dem Tische, davor lag eine aufgeschlagene Bibel. An den Wänden waren auf Borten allerlei Gegenstände aufgestellt, brauchbare und nicht brauchbare Dinge: Bücher und Gläser, Kochgeräte und alte Bilder,

9

zerbrochene Töpfe und tausend andere Gegenstände, wie sie im Laden eines Trödlers sich finden.

Hermann und der alte Mann setzten sich an den Tisch. Dieser setzte eine große Hornbrille auf und las mit zitternder Stimme das Weihnachtsevangelium. Andächtig saß Hermann und hörte zu, und Bello spitzte seine Ohren und sah seinen Herrn so klug an, als ob er alles verstände. Die zitternde Stimme des Alten aber hob sich mehr und mehr, und klar und deutlich schloß er mit dem Spruche der Engel: »Ehre sei Gott in der Höh' und Friede auf Erden, und den Menschen ein Wohlgefallen.«

Dann kramte er in einem Auszuge herum und brachte eine Flasche Wein und einen großen Kuchen herbei. »Jetzt wollen wir Weih-nacht feiern, sagte er, und Kuchen essen und Wein trinken. Heut ißt alle Welt Kuchen, und Bello bekommt auch welchen . . . das soll uns schmecken, nicht Bello?« Er schenkte den Wein in zwei funkelnde geschliffene Kristallgläser und forderte Hermann auf zu trinken. Wie duftete das. Wie feurig rollte ihm das Blut durch die Adern; es war ihm, als verdufte der Wein ihm auf der Zunge, er glaubte, lauter Geist zu trinken. Wie anders erschien ihm jetzt das ärmliche Gemach des Trödlers. Kostbare Vasen und herrliche Glasgefäße, die er zuvor für zerbrochene Töpfe gehalten, schimmerten an den Wänden. In den Ecken und Winkeln raschelte und huschte es geheimnisvoll; zuweilen schien es ihm, als sähen bärtige Zwergenköpfe hinter den mächtigen, goldverzierten Büchern hervor oder guckten aus den bunten Vasen heraus. Aber, wenn er schärfer hinsah, war nichts Ungewöhnliches zu sehen. Der Alte hatte sich einen bunten Schlafrock angezogen und eine hohe, spitze Mütze aufgesetzt, so daß er aussah wie ein Zauberer.

»Jetzt besehen wir Bilder«, sagte er und legte einen großen Folianten auf den Tisch. Dann schlug er das Buch auf und berührte die Bilder mit einem bunten Stäbchen. Da war es, als würde alles lebendig.

Wie das lebte und wimmelte; das war ein Weihnachtsmarkt. Da waren Läden mit Spielsachen und bunten Pyramiden. Wie die Lichter schimmerten! Die Menschen gingen und kauften.

Dort standen auch Tannenbäume. Eine arme Frau hatte sich einen ganz kleinen Tannenbaum gekauft. Ihre beiden kleinen Kinder hatten sie ans Kleid gefaßt und waren sehr glücklich; nun bekamen auch sie einen Tannenbaum. Hermann glaubte, das Rufen der Verkäufer und die klagenden Töne der Drehorgel zu hören. Gingen nicht die Leute durcheinander? Das war ja kein Bild, das lebte alles und war wirklich . . . »Umschlagen!« befahl der alte Mann; und Hermann glaubte, einen Zwerg unter dem Blatte zu bemerken, welcher rasch umschlug und dann verschwand, als wär er in das Bild hinein gekrochen.

Das war ein Seesturm. Wie die Wellen wogten und schäumten! Ein Schiff tanzte auf den Wellen; das Wasser spritzte über das Deck hin.

Das war ein Weihnachtsabend auf dem Meere. An der Leeseite, geschützt vor Wellen und Wind, saßen Matrosen und rauchten und schwatzten miteinander.

Den Arm um den Mast geschlungen, stand aber unbekümmert um Wind und Wetter der braune Schiffsjunge. War es Salzwasser oder waren es Tränen, die sein Gesicht benetzten? Jetzt sprangen seine Geschwister um den grünen, strahlenden Tannenbaum, jetzt dachte seine Mutter an ihn und weinte wohl und betete für den Sohn auf dem weiten, wilden Meer. Es war Weihnachtsabend und er noch so jung.

Ein anderes Blatt ward aufgeschlagen.

Das war eine lustige Gesellschaft. Auf dem Tische stand ein Tannenbaum mit vielen Lichtern. Studenten saßen um den Tisch und tranken Punsch; sie wollten auch Weihnacht feiern auf ihre Weise. An dem Tannenbaum hingen allerlei närrische Sachen: Kinderflöten, Hampelmänner und komische Puppen mit großen Köpfen. Drunter lag Papier und Körbe standen umher. Da hatten sie ausgepackt, was ihnen aus der Heimat geschickt war. Briefe und Geschenke waren dabeigewesen von Eltern und lieben Verwandten und wollene Strümpfe und viele Pfeffernüsse.

Der eine hatte eine Mettwurst gefaßt und sah sie an, als wolle er sagen: »Na, du sollst mir schmecken!« Es saß auch einer etwas an der Seite; der hatte eine bunte gestickte Brieftasche in der Hand und küßte sie heimlich. Und es war Hermann, als höre er Gläserklingen und fröhliches Gelächter.

Nun sah er ein trauriges Bild.

Der Vater lag auf dem Sterbebette. Die Mutter hatte die Hände unter seinen Kopf gelegt und hielt ihn, daß er seine

Kinder noch einmal sehe. Die standen um das Bette herum und weinten. Es war auch ein kleiner blonder Krauskopf dabei, der weinte recht erbärmlich. Aber er weinte wohl nicht um den Vater, denn sein kleiner Verstand begriff noch nicht, was sterben heißt, er weinte, weil er nicht lachen und springen durfte und weil er keinen Tannenbaum haben sollte, wie die anderen Kinder, und das ist ein großes Herzeleid.

Und die Blätter wurden umgeschlagen, und Hermann saß und schaute und vergaß alles um sich her und lachte und weinte vor Freude über alles Herrliche, was sich seinen Blicken zeigte.

Immer lebendiger wurden die Bilder; ihm war, als schaue er in einen Rahmen hinein in die wirkliche Welt.

Als nun das Buch zu Ende war, rauschten die Blätter und wuchsen und breiteten sich aus. Grüne Tannenzweige schossen zwischen den Blättern auf, höher und höher, und lichte Funken sprühten dazwischen. Aus den Wänden drängte es sich hervor grün und lustig, die Decke wuchs, höher und höher, es war, als drängten die Tannenzweige sie auseinander. Lichter flimmerten auf den Zweigen, und aus dem Fußboden sproßten mächtige Blumen mit geschlossenen Knospen. Sie taten sich auf mit süßem Duft, und lustige Gestalten schwebten hervor mit zarten Flügelchen. Sie flogen anmutig durch die Luft, und als Hermann aufsah, war aus den Blättern des Buches ein mächtiger Tannenbaum hervor-gewachsen mit tausend strahlenden Lichtern.

Die lichten Gestalten umschwebten ihn und flatterten und spielten zwischen den grünen Zweigen.

Hermann bemerkte jetzt, daß er ganz allein sei. Plötzlich aber taten sich die Tannenzweige voneinander, und ein schönes Mädchen trat hervor in einem weißen Kleide mit einem Fichtenkranz im Haar. Sie nahm Hermann bei der Hand, und sie stiegen wie auf einer Wendeltreppe hinauf in den mächtigen Tannenbaum. Hermann wagte nicht zu sprechen; ihm war so feierlich zu Mute, und das Mädchen war so schön. Es war ihm immer, als höre er in der Ferne die mächtigen Töne einer Orgel und den Gesang andächtiger Menschen. Sie stiegen immer höher; und zuweilen sah er durch die Zweige den dunklen Nachthimmel mit seinen blitzenden Sternen.

Oben aber sah er plötzlich hinaus über die ganze Stadt. Die Häuser strahlten und leuchteten im Weihnachtsglanze und fröhliche Stimmen drangen zu ihm herauf. »Sieh empor«, sagte das Mädchen.

Und er sah einen weißen Nebel am Himmel, der zerriß plötzlich, und es war, als sehe er mitten in den Himmel hinein. Da schwebten in strahlenden Wolken Engel in weißen Gewändern auf und nieder und trugen Palmzweige in den Händen und sagen: »Ehre sei Gott in der Höh', und Friede auf Erden, und den Menschen ein Wohlgefallen.«

»Aber es ist nun hohe Zeit, daß Sie nach Hause gehen«, schnarrte ihm plötzlich die Stimme des alten Trödlers ins Ohr, »es ist bald Mitternacht.« Und da saß er wieder am Tische, und alles sah ganz gewöhnlich aus. Das Buch war fort und der Alte kramte in einer Schieblade. »Sie schliefen wohl recht schön?« meinte er jetzt. »Habe ich denn geträumt?« sagte Hermann ganz verwirrt. »Gehen Sie zu Bette, Sie sind müde«, sagte der Alte, »und hier will ich Ihnen auch etwas schenken, das kann ein fleißiger Student wohl gebrauchen.« Damit drückte er ihm ein altes, wunderlich geformtes Schreibzeug in die Hand und schob ihn zur Tür hinaus. Und als Hermann durch die gasbeleuchteten Straßen nach Hause wankte, da war es ihm wie ein Traum.

Als Hermann am anderen Morgen spät erwachte, glaubte er, er hätte alles geträumt; aber da sah er das Schreibzeug auf dem Tische stehen, welches ihm der alte Mann geschenkt hatte. Alle die bunten Bilder zogen an seinem Geiste vorüber, welche er am vergangenen Abend geschaut hatte.

Er stand auf und sah aus dem Fenster. In der Nacht war Schnee gefallen. Da lagen alle die weißen Dächer im Sonnenschein, der Himmel war klar, die Sperlinge zwitscherten, die Luft war voller Glockenklang. Das war ein schöner Weihnachtstag.

Als Hermann zur Kirche ging, sah er an den Fenstern die Kinder mit ihren neuen Spielsachen spielen.

Sie hatten alle neue Weihnachtskleider an und glückliche Augen und selige Gesichter. Vor einer Haustür stand ein ganz kleines Mädchen mit ihrer größeren Schwester. In der einen Hand hatte sie eine Puppe, in der anderen eine Pfeffernuß. »Da Mann«, sagte sie und hielt Hermann die Pfeffernuß hin. Wie lachte sie vergnügt, als Hermann sie wirklich nahm und dankend weiter ging.

Der erste Weihnachtstag ging zu Ende. Hermann saß einsam in seinem Stübchen am Tische. Traulich leuchtete die Lampe, und lustig brannte das Feuer im eisernen Ofen. Er hatte einen Bogen weißes Papier vor sich und betrachtete nachdenklich das Schreibzeug. Dasselbe war zierlich aus Metall gearbeitet, es befand sich ein Sandfaß, ein Dintenfaß und ein Behälter für Stahlfedern darin. Zierliche, von durchbrochenem Blätterwerk gebildete Ranken, anmutig durchflochten, bildeten das Gestell. Zwischen den Blättern saßen niedliche Eidechsen, Käfer und Schmetterlinge. Zwergengestalten mit bärtigen Gesichtern lugten hier aus den Ranken und dort aus den Blumen neigten mit halbem Leibe leichte Elfchen sich vor. Ja zuweilen war es Hermann, als lebe alles und bewege sich durcheinander, aber dann war alles wieder starr und steif. In der Mitte aber, wie in einer kleinen Grotte, saß unter den Blättern ein feines, zierliches Mädchen mit einem Krönchen auf dem Haupte und einem Stäbchen in der Hand; das war so fein und zart gearbeitet, daß Hermann kein Auge davon verwenden konnte.

Ihm war, als müsse er etwas schreiben.

Als er die Feder ins Dintenfaß tauchte, fühlte er einen leisen Schlag und ein Zucken in den Fingern, und jetzt sah er deutlich: der eine der Zwerge nickte ihm zu, und jetzt auch die anderen, und dann war alles Leben und Bewegung. Die Ranken dehnten sich aus und wuchsen und breiteten sich über den Tisch. Prächtige Blüten-bäume schössen in die Höhe und sandten rankende Zweige und blumige Schlingen nach allen Seiten. Die Zwerge kamen hervor und verschwanden wieder zwischen den Ranken. Köstliche Blumen, rot, weiß und blau, taten sich auf; aus jeder schwebte ein Elfchen hervor und flatterte dann in das

Blütengewirr hinein. Bis zur Decke hinauf war nun alles voller Blüten und Blätter und zierlicher Ranken. Schmetterlinge gaukelten dazwischen, große glänzende Käfer krochen an den Stengeln, und schillernde Eidechsen schlüpften durch die blumigen Gewinde.

Da taten sich die Zweige voneinander, liebliche, lustige Musik erklang, und hervor aus dem Blumengewirr kam ein wunderlicher Zug. Voran bärtige Zwerglein mit blitzenden, goldenen Trompeten, gebogenen Hörnern, kleinen Pauken und lieblichen Flöten. Dann folgten andere Zwerge in goldblitzenden Harnischen auf gewaltigen Hirschkäfern reitend. Sie trugen kleine Lanzen in den Händen, und es war lächerlich anzusehen, wie gravitätisch sie auf ihren braunen Rößlein saßen, und wie die dicken Käfer mit ihren sechs Beinen sich bemühten, nach dem Takte zu marschieren. Hinterher kam eine leichte Elfenschar marschiert mit spitzen Hüten, scharfe Grashalme als Schwerter in den Händen tragend. Aber die liefen ein wenig durcheinander, denn das Elfenvolk ist viel zu windig, um ordentlich zu marschieren.

Jetzt klangen silberne Glöcklein, und zierliche, weiße Elfenmädchen tanzten herbei, kleine Glöckchen an schwanken Stielen in der Hand, und darauf folgte auf einem von Blüten geflochtenen Throne, getragen von zwölf Elfen, ein wunder-schönes Mädchen in weißem, duftigem Kleide, ein goldenes Krönchen auf dem Kopfe und ein weißes Stäbchen in der Hand. Zur Seite gingen graubärtige Zwerge in flimmernden Schuppen-panzern mit blanken Hellebarden bewaffnet. Über dem Thron und hinter demselben, ihn von allen Seiten umschwärmend, tummelten sich lustige, flinke

Elfen auf prächtigen Schmetterlingen. Sie trugen blitzende Lanzen in der Hand, so fein und glänzend wie ein Sonnenstrahl. Dann folgten wieder Mädchen mit Glöckchen in den Händen, dann eine Schar lustiger Elfen, und zum Schluß kamen auf flinken Eidechsen geritten die schwarzbärtige Zwerge mit Turbanen und krummen Säbeln.

Der Thron wurde in der Mitte hingesetzt, und die bunten Scharen stellten sich zu beiden Seiten desselben auf, bis auf die leichten Schmetterlingsreiter, welche lustig in der Luft auf ihren bunten Pferdchen umherschwärmten. Jetzt bliesen die Musikanten einen dreimaligen Tusch, und alle Zwerge und Elfen riefen mit feinen Stimmen dreimal Hurra, so laut sie konnten.

Dann erhob sich das Mädchen von seinem Sitze, verneigte sich dreimal vor Hermann und sprach: »Mein Gebieter und Herr, wirst Du mir und meinem Volke erlauben, heute Nacht ein Fest hier zu feiern?« »Wer bist Du?« fragte Hermann, von all' dem Wunder-baren ganz verwirrt. »Ich bin das Märchen«, sprach sie, »und deiner Feder untenan, gnädiger Gebieter.« Und Hermann nickte mit dem Kopfe, denn er wußte nicht, was er dazu sagen sollte.

Da bildete die lustige Schar einen Halbkreis, welcher an der Seite, wo Hermann saß, offen blieb. Die Elfen und Zwerglein saßen auf der Erde, dahinter die Elfenmädchen auf einer Erhöhung, in der Mitte die Königin. Die Hirschkäfer und die Eidechsen wurden in das Moos gelassen, und die Schmetterlingsreiter banden ihre lustigen Pferdlein mit Spinnenfäden an die Blumen, damit sie sich am Blumensaft erquicken möchten.

Nun begannen die lustigsten Spiele.

Da tanzten Elfen auf ausgespannten Spinnenfäden, kleine Mädchen liefen auf rollenden Tautropfen. Ein dicker Zwerg balancierte eine Königskerze in seinem Gürtel; Elfen kletterten hinauf, und ganz oben stand ein kleiner Knabe auf der Zehenspitze.

Das war ein Kraftstück, und alle klatschten in die Hände und riefen: »Bravo! Bravo.«

Dann wurden Kampfspiele aufgeführt.

Zwölf Mann von der Hischkäferreiterei kämpften mit zwölf Mann von den Eidechsenreitern. Wie tapfer hieben sie aufeinander los! Die kleinen Säbel klirrten und hageldicht fielen die Schläge auf die blinkenden Panzer. Die Hirschkäfer fochten eifrig mit und kniffen die armen Eidechsen ganz jämmerlich mit ihren harten Zangen. Der eine hatte eine Eidechse beim Schwanz gepackt. Diese suchte zu entfliehen, trotz allen Spornens; der Reiter aber hatte sich umgedreht und verteidigte sich gegen den Hirschkäferreiter, er bewies, daß er auch im Fliehen zu fechten verstand.

Jetzt folgte ein Luftgefecht. Da schwirrten die leichten Reiter auf ihren flinken Schmetterlingen durch die Luft, bald über-, bald untereinander. Das war ein buntes Getümmel. Zuweilen stürzte einer nieder zur Erde, aber wie ein Blitz war er wieder auf den Beinen, bestieg ein anderes Pferdchen und war wieder mitten dazwischen.

Nun wurde getanzt. Das war einmal eine komische Musik. Da kamen die Zwerge angewackelt mit Hacken auf den Schultern und kleine, blaue Lichter auf dem Kopfe tragend. Jeder hatte einen blitzenden Edelstein oder ein Stück schimmerndes Erz in der Hand. Sie bildeten einen Kreis, tanzten dann zur Mitte und legten die Steine alle auf einen Haufen. Dann tanzten sie mit wunder-lichen Sprüngen umher, während sie mit brummenden Stimmen zu dem Takte der Musik sangen und dabei häufig mit dem Fuße stampften: »Kleine Zwerge, tief im Berge, müssen graben, müssen hacken, und sich placken, Tag und Nacht, auf und ab, Klipp und Klapp, Trapp, Trapp. Kleine Zwerge, tief im Berge« . . .

Und während sie so stampften und sprangen, sanken sie allmählich immer tiefer in den Boden. Bald sahen nur noch die bärtigen Gesichter hervor. Dann versanken sie ganz, und nur die blauen Flämmchen flackerten noch an den Stellen, wo sie verschwunden waren. Man hörte noch ganz dumpf unter der Erde den wunderlichen Gesang: ... Trapp, Trapp, auf und ab, graben, hacken dann war alles still und die Lichtlein verlöschten.

Jetzt kam wieder eine leichte, lustige Musik.

Da nahmen alle Elfen langstielige Blüten in die Hände und schwebten und tanzten anmutig durcheinander, in der Mitte ihre holde Königin.

Drüber, wie eine bunte Wolke, flatterten die schimmernden Schmetterlinge. Dazu sangen die Elfen leise und anmutig:

> *Tanzen, schweben, holdes Leben,*
> *Elfenreigen in der Nacht.*

Tanzen, schweben, holdes Leben,
Bis der junge Tag erwacht.

Und wie Hermann das bunte Gewimmel anschaute, war es ihm, als würde es immer undeutlicher vor seinen Augen, als wäre ein Schleier davorgezogen. Wie im Nebel sah er die zierlichen Gestalten durcheinander wogen und wie aus der Ferne hörte er den Gesang:

Tanzen, schweben, holdes Leben,
Elfenreigen in der Nacht.
Tanzen, schweben . . .

Dann war alles still, und wie ein dunkler Schleier senkte es sich vor seine Augen.

Als er seine Augen wieder aufschlug, war es Morgen, und er lag ganz ordentlich in seinem Bette. Vom nächsten Kirchturm schlug die Uhr acht. Er rieb sich die Stirn, richtete sich im Bette auf und sah nach seinem Dintenfaß. Das stand auf dem Tische und sah gar nicht anders aus wie sonst.

Als er aufgestanden war und sich seinem Tische näherte, da wunderte er sich, denn das ganze Blatt, welches er am gestrigen Abend vor sich gelegt hatte, war eng beschrieben, und zwar von feiner Hand.

Als er anfing, das Geschriebene zu lesen, da fand er, daß es eine ganz genaue Beschreibung des Elfenfestes war. Da erkannte der arme Student, welchen Schatz der alte Mann ihm geschenkt hatte.

Er machte sich sogleich auf, ihn zu besuchen und ihm für sein Geschenk zu danken. Als er aber in die Straße kam, wo er ihn damals gefunden hatte, war in der ganzen Straße kein solches Haus zu finden, und niemals hat er den alten Trödler wieder gesehen.

Aber noch an manchem Abend stellte er das Dintenfaß auf den Tisch, legte ein Blatt Papier vor sich hin, nahm die Feder in die Hand, und dann geschahen die wunderlichen Märchen.

Die Kinder aber, welche in dem Hause wohnten, hatten es sehr gut, denn des Abends, wenn es dunkel ward, kamen sie zu Hermann und setzten sich um ihn herum, und dann erzählte er ihnen alle diese schönen Geschichten. Die möchtet ihr nun auch wohl gerne hören. Ja, wenn ich noch mehr von dem armen Studenten und seinem wunderbaren Dintenfaß erfahre, dann erzähle ich es euch wieder, darauf könnt ihr euch verlassen.

Heinrich Seidel

Eine Weihnachtsgeschichte

Aus: Heimatgeschichten, Stuttgart und Berlin o. J.

Es hatte vierzehn Tage lang gefroren wie in Sibirien. Auf dem höchsten Berg im Lande saß der alte Wintergreis mit seinem bläu-lichen Gewande und seinem lang hinstarrenden Schneebart, und ihm war so recht behaglich zumute, wie einem Menschengreise, wenn er hinter dem Ofen sitzt und das Essen ihm geschmeckt hat und alles gutgeht. Zuweilen rieb der alte Winter sich vor Ver-gnügen die Hände – dann stäubte der feine, schimmernde Schnee wie Zuckerpulver über die Erde; bald lachte er wieder still vor sich hin und es gab Sonnenschein mit klingendem Frost. Der schnei-dende Hauch seines Mundes ging von ihm aus, und wo er über die Seen strich, zerspaltete das Eis mit langhindonnerndem Getöse, und wo er durch die Wälder wehte, zerkrachten uralte Bäume von oben bis unten.

»Habe Erbarmen, alter Wintergreis!« flehte ich, »und laß ab, denn es ist Weihnachten und ich muß pelzlos nach Hause reisen.« Der Alte fühlte ein menschliches Rühren, lehnte sich mit dem Rücken gegen die uralte Eiche, die auf dem hohen Berge steht, schloß die Augen und drusselte ein wenig. So gelangte ich denn ohne Gefährde in meine Vaterstadt zu meiner Mutter. – Wohl dem, der noch eine sichere Stätte hat in der weiten Welt, wo er sich geliebt weiß, wo die treuen Augen der Mutter auf ihn sehen, die schon voll Liebe auf ihm ruhten, als er noch klein und hilflos auf ihrem Schoße spielte. – Da bin ich wieder in den kleinen, wohlbekannten Zimmern, und die freundlichen Augen werden nicht müde, mich zu betrachten; ich muß erzählen, wie es mir ergangen ist, und auch das Kleinste ist dabei nicht zu unwichtig. Dann stürmt mein Bruder Hermann ins Zimmer, der Primaner und Naturforscher, und kaum hat er mich begrüßt, so erzählt er schon: »Du, Eduard, die Eislöcher auf dem großen See wimmeln von nordischen Enten, die hier überwintern, und am Schloßgartenbach habe ich wieder Eisvögel beobachtet.« – Polly, der braunge-fleckte Wachtelhund, ein außerordentlich gebildetes Tier und Zögling meines Bruders, springt in ausgelassener

Wiedererkennungsfreude an mir empor und muß sofort seine neuerlernten Künste zeigen. Dann kommt auch Murr, der weiße, gelbgestreifte Kater, reserviert wie Katzen sind, leise gegangen und reibt sich schnurrend an meinem Knie, auch er hatte mich nicht vergessen. Er hat Menschenverstand, wie meine Mutter sagt, und wenn er zuweilen des Abends würdevoll mit dem um die Vorderfüße geringelten Schwanz auf der Sofalehne sitzt und einen der Sprechenden nach dem andern aufmerksam anblickt, so ruft meine Mutter oft plötzlich, wenn von Geheimnissen die Rede ist: »Sprecht doch leise, der Kater versteht ja alles!« – Und von Geheimnissen wimmelt das Haus jetzt förmlich; da erscheint Paul, der Jüngste, der Obertertianer, der noch gar nicht weiß, daß ich gekommen bin, plötzlich in der Tür, etwas leicht in Papier Geschlagenes in der Hand tragend. Aber kaum hat er mich erblickt, als er, statt mich zu begrüßen, voll Entsetzen wieder hinausspringt und erst nach einiger Zeit ohne das Paket mit vergnügtem Lächeln wieder zurückkehrt. »Feine Schlittschuhbahn«, lautet sein Bericht, »wir sind gestern schon nach Nußwerder gelaufen, der große See ist ganz zu.« Dann wird alles revidiert im ganzen Hause, das Alte, ob es noch das Alte ist, und dann das Neue. Alle die bekannten Ecken und Eckchen, aus denen die Erinnerung lächelt, die alten Bücher, aus denen dem Kindersinn der Zauber der Dichtung emporblühte. Selbst der Garten wird aufgesucht, und dann geht es den Gang zwischen bereiften Hecken hinunter zum See, der weit in seiner glänzenden Eisdecke schimmernd daliegt, denn hier hat es gar nicht geschneit, und es ist eine Schlittschuhbahn wie selten. Ich probiere einmal vorläufig das Eis, und dann geht es wieder zurück zu den Stübchen meiner Brüder. Dort sind Hermanns selbst erzogene afrikanische Finken zu bewundern, ausländische

Schild-kröten und Molche und andere naturhistorische Errungenschaften. Paul hatte aus Holz gesägte Sachen vorzu-zeigen, und eine heimliche Zigarrenspitze, deren vorzügliche An-gerauchtheit, und eine unerlaubte Pfeife, deren echten Weichsel-holzgeruch ich bewundern muß.

Dann kommt nun der Weihnachtsabend selber, und mit ihm die gute Tante Amalie, die mich schon so oft auf die Strümpfe gebracht hat, denn sie strickt mir immer so schöne, warme, und ihr Dienstmädchen trägt einen höchst verdächtigen Korb, und mit Tante Amalie kommt Cousine Helene, meine kleine Feindin. Sie ist nun eigentlich kaum meine Cousine, denn die Verwandtschaft ist so künstlich, daß Tante Amalie fünf Minuten braucht, um sie auseinanderzusetzen, und ich sie noch nie begriffen habe. Aber wir nennen uns Cousine und Vetter und du, denn wir kennen uns schon von der Zeit an, als Tante Amalie die kleine zehnjährige Waise zu sich nahm, und das ist nun gerade acht Jahre her. »Kinder, vertragt euch!« ist das erste, was Tante Amalie zu uns sagt; sie weiß aus Erfahrung, daß es dieser Warnung bedarf, denn wir stehen im allgemeinen auf dem Kriegsfuß. »O, ich werde schon mit ihm fertig!« sagt Helene mit einem kleinen Trotzblick, der wenig Gutes verspricht.

Die Mutter und Tante Amalie verschwinden zu heimlichen Vorbereitungen in den Festgemächern, und ich petitioniere ebenfalls um Zulassung, da ich – mit einem Blick auf Helene – doch nicht mehr zu den Kindern zu rechnen sei. »Nehmt den alten Meergreis nur mit«, meint sie, aber es wird mir nicht gestattet. »Schenkst du mir denn auch etwas, Helenechen, mein Schwänechen?« frage ich mit einem alten

Kinderreim. Sie ist immer schlagfertig: »Ich schenke dir kein Tränechen, doch Tante Malchen schenkt dir was für deine langen Benechen«, sagt sie schnippisch. – »Ich weiß auch gar nicht«, läßt sich der biedere Paul vernehmen, »ihr hackt euch doch immer, wo ihr euch seht.«

»Du ahnungsvoller Engel, du«, meint Helene und streichelt sein würdiges Haupt. – »Hast du schon mal einen Engel gesehen«, fragt Hermann nun ironisch, »der karierte Hosen anhat und heimlich Zigarren raucht?« – »Ihr seid schrecklich, alle miteinander«, sagt Helene, »ist das eine Weihnachtsstimmung und sind das Weihnachtsgespräche?« »Das ist nur äußerlich«, meine ich, »innerlich, da sind Lichter in unseren Herzen angezündet, und das Gemüt ist voll Weihnachtsduft.«

»Um Gottes willen!« seufzt Helene.

Das Klavier steht geöffnet. »Laßt uns singen«, bitte ich. – Helene sieht mich fast dankbar an: »Aber was denn?« – »Unser Weihnachtslied: ›Morgen, Kinder, wird's was geben, morgen werden wir uns freun‹.« Und nun wird es gesungen, das alte harm-lose Lied, das eigentlich gar nicht mehr paßt, da dies »Morgen« schon heute ist. Dann singt Helene mit ihrer klaren Stimme: »O du fröhliche, o du selige, gnadenbringende Weihnachtszeit . . .« und dann: »Es ist ein Ros' entsprungen . . .« und dann mit einmal tönt die Glocke, und der Moment, der so manches Mal mein Herz mit süßem Schauer erfüllt hat, ist da.

Der Weihnachtsbaum, mit Silber- und Goldketten, Fähnchen, Netzen und Sternen und mancher verlockenden Frucht behangen, strahlt mir entgegen, ach, nimmer so herrlich wie einst, da sein Glanz durch das ganze Jahr einen wärmenden Schein breitete und schon lange vorher beim Ausblasen einer Wachskerze das Herz in süßem, ahnungsvollem Schauer erbebte: »Es riecht nach Weihnachten.«

Wir suchen nun jeder den Ort, wo ihm die Liebe etwas aufgebaut hat. Selbst Polly und Murr sind nicht vergessen. Jenem ist unter dem Tisch auf einem Schemelchen die delikate Knackwurst in einem Kranz von Pfeffernüssen zugedacht und ein eigenes Lichtlein dabei angezündet. Der würdige Kater dagegen findet seine Bescherung auf seinem Lieblingsplatz, dem Fensterbrett. Sie besteht in einem Schälchen Milch und einem Halsband mit seinem Familiennamen, von Helenens kunstfertiger Hand gestickt. »Es ist eigentlich unchristlich für so unvernünftige Tiere«, sagt Tante Amalie, aber sie lächelt doch im stillen darüber. Das heimliche Paket, das Paul vorhin so schnell verbarg, gibt sich als ein aus Holz künstlich gesägter Gegenstand zu erkennen, der in Gestalt eines luftigen Schweizerhäuschens meiner Taschenuhr zum nächtlichen Wohnplatz dienen soll. Er hat überhaupt diesen Industriezweig auf alle Anwesenden ausgedehnt. Tante Amalie meint: »Du hast uns wohl alle besägt.«

Plötzlich wird die Tür aufgerissen, und die zu einer unnatürlichen Tiefe verstellte Stimme des Dienstmädchens läßt sich vernehmen: »Julklapp!« und ein in Papier gewickelter Gegenstand fällt ins Zimmer. »An Eduard« ist's adressiert. Viel Papier fliegt hastig abgerissen zu Boden, und Helene macht sich durch eine schlecht verhehlte Spannung verdächtig. Endlich kommt ein zierlich in Perlen gesticktes Hausschlüsselfutteral zum Vorschein. »Von dir, Helene?«

»Nur aus Bosheit«, ist die Antwort, »weil ich weiß, daß du gestickte Sachen verabscheust.«

»Das mußt du anerkennen«, sagte Tante Amalie, »es ist eine sehr mühsame Arbeit, sie hat drei Wochen daran gearbeitet.« – »Ach, nicht doch«, meint abwehrend Helene. – »Ich will es dir zu Ehren alle Abende benutzen«, sage ich. – Dagegen protestiert nun aber die Mutter: »Was, ihr wollt meinen Ältesten auf Abwege bringen?!« – Wieder geht die Türe auf, wieder eine andere Nuance von Dorotheas wandelfähigem Organ: »Julklapp!« und eine große Kiste wird hereingeschoben mit der Adresse: »An Helene.« Diese sieht mich voller Verdacht von der Seite an. »Darin ist gewiß eine große Schändlichkeit von dir«, meint sie, »ich mache es gar nicht auf«, aber sie hat schon den Deckel der Kiste abgeschoben. Ein mächtiges Paket, in Papier gesiegelt, kommt zum Vorschein. Aus dem Papier entwickelt sich eine zweite Kiste. Helenchen wird ganz aufgeregt, denn in dieser Kiste steckt wieder eine und so fort, die Papiere fliegen umher, und das ganze Zimmer steht voll Kisten. »Es ist abscheulich«, sagt Helene, »gerade wie in dem Märchen von der alten Frau, die ein Haus hatte und in dem Hause eine Kammer und in der Kammer einen Schrank und in dem Schrank eine Kiste und in der Kiste wieder eine Kiste und so fort und in der letzten eine Schachtel und so weiter, und in der letzten kleinsten Schachtel war ein Papierchen, und in dem Papierchen wieder ein Papierchen und in dem allerletzten Papierchen ein Pfennig, der war ihr einziges Vermögen.« Endlich kommt ein runder, in Seidenpapier gewickelter Gegenstand zum Vorschein. »Nun geht's los!« rufen alle. Es ist aber nur eine runde, große Apothekerschachtel. Das Seidenpapier fliegt, eine Schachtel nach der andern kommt hervor, die Spannung wird fast unerträglich. Endlich in der zehnten Schachtel ein kleiner schwerer, in Papier gewickelter Gegenstand. »Das ist der Pfennig!« ruft Helene, »die gute, alte Frau schenkt mir ihr ganzes Vermögen zu Weihnachten!« Es ist aber kein Pfennig, sondern ein kleines, zierliches, goldenes Kreuz an einer feinen Kette. »Gerade wie ich es mir gewünscht habe!« ruft Helene verwundert, und ein fragender Blick trifft mich. Ich nicke und mit einem Male hat sie meine Hand mit ihren beiden erfaßt und schaut mir herzhaft in die Augen. »Ich danke dir, Eduard.« – »So freundlich hast du mich lange nicht angesehen, Helene.« – »Wenn du immer ein artiges Kind bist«, antwortete sie, »so wirst du noch öfter freundlich angesehen.«

»Julklapp!« tönt es wieder in Dorotheas höchsten Fisteltönen; sie sucht uns offenbar einzubilden, daß sich ein ganzes Heer von verschiedenen Geschenkspendern draußen ablöst. Da man jedesmal vor dem Julklappruf die Haustürklingel hört, so habe ich sie sogar im Verdacht, daß sie zur größeren Wahrscheinlichkeit ihrer oratorischen Darstellung jedesmal die Treppe hinabläuft, zuvor einen Eintretenden zu fingieren. – Die Julklappen nehmen endlich ein Ende, und Dorothea tritt nun selber ein, ganz rot im Gesicht von der Anstrengung, aber harmlos, als wisse sie von nichts, um auch ihr bescheidenes Weihnachtstischchen aufzu-suchen.

Allmählich brennen die Wachskerzen nieder, und eine nach der andern erlischt knisternd in dem Nadelwerk des Baumes.

Nach der festlichen Aufregung ist eine beschauliche Stille eingetreten. Die beiden Jungen haben sich über die bescherten Bücher hergemacht und blättern vorkostend darin umher. Im Nebenzimmer hört man die Stimmen der Mutter und der Tante Amalie, die im Hinblick auf das morgige Festgericht in einen interessanten Meinungs- austausch über die Anwendung von saurer Sahne verwickelt sind. Polly und Murr liegen wohlbehaglich an ihren Lieblingsplätzen, im innersten Gemüt befriedigt, ihre Weihnachtsbescherung verdauend, und ich habe mich in meine dunkle Weihnachtslieblingsecke auf den Lehnstuhl hinter dem Tannenbaum zurückgezogen. Dort schweifen meine Blicke bald in das grüne, nur noch stellenweise beleuchtete Geäst des Weihnachtsbaumes nach den nieder- brennenden Lichtern, bald nach Helenen, die, noch immer vor ihrem Weihnachtstische stehend, nach Mädchenweise stets von neuem die Geschenke und Geschenkchen zierlich ordnet und ein-gehend betrachtet. Sie steht abgewendet von mir, und nur zuweilen bei einer Bewegung zeigt sich das zierliche Profil ihres Gesichtes. Die kleinen wider- spenstigen Löckchen, die sich nicht dem allgemeinen Gesetz der Haartracht fügen wollen, umgeben wie ein goldener Schimmer das Köpfchen.

Da knistert wieder eines der Lichter am Baume in die Nadeln, ein kurzes Aufleuchten, und es ist erloschen; das ganze Zimmer ist schon von dem Weihnachtsduft der Nadeln und Lichter erfüllt. Meine Blicke wenden sich wieder zu Helene. Sie blättert gerade in einem kleinen

Büchlein, das ich ihr für ihre Mädchen-miniatur-bibliothek geschenkt habe. Meine Gedanken fangen an, eigen-tümliche Wege zu gehen. Es ist wieder Weihnachten, und ein blitzender, strahlender Tannenbaum aufgebaut, und zwei Menschen stehen davor Hand in Hand und schauen sich in die Augen, aus denen es noch viel schöner leuchtet, denn das Glück schimmert daraus hervor. Und merkwürdig – diese zwei Menschen sind Helene und ich. Und meine Phantasie arbeitet weiter, denn die Phantasie tut nichts halb, und ich höre ganz deutlich das Blasen von Kindertrompeten und das Stampfen von kleinen Steckenpferdreiterbeinchen und glückseliges Kinderlachen . . .

»Eduard, du schläfst wohl?« fragt Helene plötzlich. – »Ich träume nur«, antworte ich mit einem halben Seufzer. – »Kinder, kommt zum Essen!« ruft die Mutter aus dem Nebenzimmer.

Am zweiten Weihnachtstag war ich zu Mittag bei Tante Amalie eingeladen, und nachher wollten Helene und ich auf den großen See zur Einweihung der neuen Schlittschuhe, die sie zu Weihnachten bekommen hatte. Aus den kleinen, zierlichen Zimmerchen der Tante stiegen neue Kinder-erinnerungen hervor. Ich kannte dort alles, das feine, geblümte Porzellan, die alten Kupferstiche an den Wänden, die alte, schwarze Rokokouhr mit dem Sensenmann, die eine so sonderbare Gangart hatte, daß man alle Augenblicke meinte, sie müsse stillestehen, die alten verblichenen Stickereien und die hundert zierlichen Kleinigkeiten auf der Spiegelkommode. Am Fenster standen dieselben Lieblingsblumen, und derselbe feine Duft herrschte in dem Zimmer, der mich als Kind schon immer so feierlich stimmte und der mir in der Fremde, wenn ich ihm begegne, unwiderruflich meine gute Tante vor Augen zaubert.

Nach Tische zog ich Helene das enganschließende Pelzjäckchen an und hüllte den Kopf in eine blauseidene Kapuze, aus deren weißem Schwanbesatz das frische Gesicht mit dem blonden, wider-spenstigen Löckchenkranz gar anmutig hervorschaute.

»Was siehst du mich denn so an?« fragte sie plötzlich.

»Ich freue mich über meine hübsche Cousine«, antwortete ich. – Ihr stieg ein klein wenig Rot in die Stirne, und sie sprach rasch: »Du gewöhnst dir wohl auf deine alten Tage das Schmeicheln an.«

Wir gelangten nach kurzem Wege an den See. Der alte Wintergreis auf seinem hohen Berge schlief noch immer. Es war noch nicht Tauwetter, allein durch die Stille der Luft erschien es wärmer, als es war, und die Sonne hatte am Tage so viel Macht, daß sie die ge-
frorene Erde an der Oberfläche auftaute.

»Wir laufen doch zum Nußwerder?« fragte Helene, als wir die Schlittschuhe angeschnallt hatten.
»Wie du willst!« war meine Antwort, »die Bahn ist ja noch weiter abgesteckt.«

Unterdes hatten wir uns in Bewegung gesetzt und waren auf die breite, mit Büschen und Stangen angedeutete Bahn gelangt, die jedes Jahr abgesteckt wurde, um einen ungefährlichen Weg zu den beliebten Vergnügungsorten zu bezeichnen.

»Wir bleiben doch nicht auf der langweiligen Bahn?« fragte Helene, und ihre Blicke schweiften über die weite, schimmernde Eisfläche hinaus.

Plötzlich ward ein fröhliches Stimmengewirr hinter uns hörbar, und brausend kam ein Schwarm von Schülern herangefahren und zog, die Mützen schwenkend, an uns vorüber. Ein einzelner sonderte sich von ihnen, es war Hermann.

»Ich wollte dir nur sagen, Eduard, geht lieber nicht nach den Entenlöchern und weicht überhaupt nicht weit von der Absteckung ab. Es sind viele von den Vögeln eben verlassene Stellen da, die nur ganz leicht überfroren sind und sich sehr wenig von dem übrigen Eis unterscheiden. Es tut mir nur leid, daß ich jetzt mit meinen Kameraden laufen muß, sonst würde ich euch gern dahin geleiten, ich weiß genau dort Bescheid, denn ich habe manche Stunde daselbst mit dem Fernrohr zugebracht und nach den Enten gesehen. Morgen können wir ja einmal zusammen dorthin laufen!« – Damit eilte er mit doppelter Geschwindigkeit den übrigen nach, und bald hatte ihn das schwarze Häuflein wieder eingeschlungen.

Wir glitten eine Weile schweigend dahin. Manchmal schaute ich seitwärts auf Helenens zierliche Gestalt, wie sie so ebenmäßig und anmutig dahinfuhr und wie der Luftzug die Kleider an die schönen Linien ihres Körpers schmiegte. Endlich standen wir eine Weile. Vor uns lag Nußwerder noch in ziemlicher Entfernung, von feinem, violettem Duft des Winters angehaucht; seitwärts über den See hinaus erblickte man in der Ferne eine dunkle Linie über dem Eise, und darüber schwärmte es ab und zu von unzähligen Möwen.

»Da sind die Enten«, sagte Helene, »ich möchte sie gar zu gerne einmal in der Nähe sehen.«

»Du hast ja gehört, was Hermann sagte«, antwortete ich. »Komm, in einer Viertelstunde können wir auf Nußwerder sein.«

»Ich fürchte mich gar nicht«, sagte Helene, indem sie einen kleinen, zierlichen Bogen schlug, und mir dann gerade ins Gesicht sah; »du bist doch ein rechter Sicherheitskomissarius.«

»Ich für meinen Teil würde mich nicht scheuen, das weißt du auch recht gut, Helene, ich bin noch im vorigen Jahre allein dort gewesen und kenne den See, allein ich darf es jetzt deinetwegen nicht, ich bin dafür verantwortlich, wenn ein Unglück geschieht.«

»Ich brauche deine Verantwortlichkeit gar nicht«, sagte sie, verächtlich das Köpfchen aufwerfend, »und es nützt dir auch gar nicht, deine Furchtsamkeit durch solche Gründe zu bemänteln. Wenn du nicht mitwillst, so laufe ich allein!« Und damit setzte sie sich langsam in Bewegung. – »Helene!« rief ich. – Sie wandte sich um und sah mich spöttisch an. »Willst du mitkommen? Ich ziehe dich heraus, wenn du ins Wasser fällst.«

»Du kränkst mich mit Absicht, Helene«, sagte ich ruhig, »und das ist nicht schön von dir. Ich gebe nach, aber nur unter einer Bedingung, die du mir nicht verweigern wirst.

Ich bleibe stets zehn Schritte vor dir, damit ich dich in genügender Sicherheit weiß.«

Ihr Auge leuchtete plötzlich auf, jedoch antwortete sie nicht, sondern neigte nur bejahend das Haupt, und wir setzten uns in der verabredeten Weise in Bewegung.

Es war nun doch eine Verstimmung zwischen uns, und niemand wollte anfangen zu reden.

Das Eis war glatt und jungfräulich, wo wir liefen, und von jenem dunklen Glanz, der auf die Tiefe des Wassers deutet. Rings war es still bis auf das unablässige Geräusch der Schlittschuhe; nur zuweilen ging ein klingendes Hallen durch die Eisfläche, oder ein Eisstückchen, von leisem Luftzug getrieben, klirrte vorüber. »Sieh einmal«, sagte Helene plötzlich und hielt an, indem sie auf den Grund deutete. Es war eine flachere Stelle des Sees, und durch die klare Eisdecke konnte man bis auf den weißen Sandgrund sehen und die feinen, gefiederten Wassergewächse deutlich erkennen. Zuweilen sah man große Fische vorüberhuschen. Ich bemerkte eine heimliche Ängstlichkeit in Helenes Zügen, denn dieser Anblick des tiefen Grundes, von dem man nur durch eine durchsichtige Decke getrennt ist, hat für den Ungewöhnten etwas Schauerliches.

Wir waren den Enten schon ziemlich nahe gekommen und hörten nun deutlich ihr wirres Geschnatter und das Schreien der Möwen. Nicht weit von uns bemerkte ich den sogenannten »Großen Stein«, einen mächtigen Granitblock, der aus dem Wasser hervorragt und den Kahnschiffern als Wahrzeichen gilt, denn die Gegend um ihn herum ist voller Untiefen. Indem wir darauf zuhielten, trafen wir auf die erste offene, von den Enten bereits verlassene Stelle und umfuhren sie in weitem Bogen. Zugleich erhob sich in der Ferne mit Geschrei und gewaltigem Flügelschlagen eine Anzahl der Vögel und ging in brausendem Flug über den See zu anderen offenen Stellen, die etwa eine Meile weiterhin gelegen waren. Bei dem Großen Steine angelangt, standen wir und sahen dem Wirren und Schwirren zu. Die ziemlich große Wasserfläche war bedeckt mit Tausenden von nordischen Enten, vorwiegend Schnell- und Eisenten, die hier, unseren Norden als ihren Süden betrachtend, Winterquartiere bezogen hatten. Eine große Anzahl von Möwen tummelte sich zwischen ihnen, aus der Luft auf das Wasser niederstoßend, oder wie helle Punkte zwischen den dunklen Enten schwimmend. In der Nähe auf dem Eise saß ein großer Vogel, zwischen den Klauen mit dem Schnabel etwas zerpflückend, daß die Federn davonstoben. »Siehst du den Seeadler?« sagte ich zu Helene, »der hat jetzt leichtes Spiel, er braucht nur zuzustoßen, wenn er Hunger hat.« Unterdessen war ihm wohl unsere Nähe unheimlich geworden, denn plötzlich erhob er sich und flog mit gewaltigen Flügelschlägen über den See dem Lande zu.

Wir hatten eine ziemliche Zeit dort gestanden und, mit dem Betrachten der Enten beschäftigt, auf nichts weiter geachtet, und so fiel es mir jetzt auf, als ich dem Seeadler nachblickte, daß das gegenüberliegende Ufer, das wir vorhin deutlich gesehen hatten, ganz in bläulichem Dämmer verschwunden war. Ich schaute mich um nach Nußwerder – nur noch wie ein matter Schein zeichnete es sich in die dicke Luft, und mit einem Male fing es an, ganz leise und sanft zu schneien.

»Helene!« rief ich, »wir müssen schnell fort, denn wenn der Schnee stärker wird und unsere Spur verdeckt, so können wir uns leicht verirren.«

Wir machten uns nun schnell auf, die Spur der Schlittschuhe auf unserem Herwege verfolgend. Langsam und stetig mehrten sich die Flocken, und kaum waren wir eine kurze Strecke vorwärts gelangt, so war das Eis von dem Schnee leicht bedeckt und die Spur verloren. Wir hielten an und schauten nach der Bahn aus. Aber nichts war ringsum zu sehen, überall nur das leise, stetige Niedersinken der großen Flocken, das sich weiterhin in einen weißen, wimmelnden Dämmer verlor. Ich schlug auf Geratewohl die Richtung ein, in der ich die Bahn vermutete, und dann ging es wieder vorwärts. Nach einer Viertelstunde war nichts erreicht, wir mußten diese Richtung verfehlt haben. Wir standen nun und horchten, ob nicht ein Laut uns zu Hilfe komme. Aber es war ringsum so totenstill, daß man das leise Geräusch der fallenden Flocken vernehmen konnte. Nun mehrte sich auch schon der Schnee und fing an, beim Laufen hinderlich zu werden, und das Schlimmste war, daß die Gefahr der unsicheren Stellen durch die gleichmäßig alles verhüllende Schneedecke verdoppelt ward. Wir glitten nach einer anderen Richtung vorsichtig weiter. So irrten wir eine Weile umher, und ich bemerkte, daß Helene anfing, müde zu werden. Plötzlich sah ich etwas Dunkles vor mir aus dem Schnee ragen, und da waren wir wieder bei dem Großen Stein; wir waren richtig im Kreise gelaufen.

Während wir eine Weile ruhten, fiel mir plötzlich eine Bemerkung ein, die ich vorhin gemacht hatte. Es war mir aufgefallen, daß die Entenkolonie, der Große Stein und

Nußwerder in einer geraden Linie lagen, danach konnte man die Richtung bestimmen. Gelang es uns, diese gerade Linie einzuhalten, so mußten wir unbedingt auf Nußwerder treffen, von wo aus die Bahn mit Leichtigkeit zu erreichen war.

Wieder glitten wir in den Schnee hinaus, Helene immer etwa zwanzig Schritt hinter mir. Als wir eine Weile gelaufen waren, glaubte ich vor mir in dem Schneegewimmel etwas Dunkles ragen zu sehen wie die Umrisse von Bäumen. Unwillkürlich vermehrte ich meine Schnelligkeit, da plötzlich ertönte hinter mir ein gellender Schrei, und als ich mit scharfem Ruck meinen Lauf anhielt, ward ein Knistern und Senken zu meinen Füßen bemerk-bar, das mir kaum Zeit ließ, in schneller Wendung zurückzu-taumeln. Wie erstarrt stand Helene hinter mir. Ich sah sie wanken und eilte, sie in meinen Armen aufzufangen. Dann blickte ich unwillkürlich zurück und sah jenen kleinen dunklen Wasserfleck, der in der fast zugefrorenen Öffnung noch frei geblieben war und Helenen zu dem Warnungsruf veranlaßt hatte. Sie lag an meiner Brust und schluchzte leise. »Helene«, tröstete ich, »es ist ja alles gut.« Sie schlang plötzlich den Arm um mich und rief leidenschaftlich: »Ich will dich nie wieder necken, Eduard, niemals wieder!«

Ich fühlte die schöne Gestalt in meinen Armen, ihr Busen wogte an meinem, und ich beugte mich zu ihr nieder und fragte sie leise: »Auch dann nicht, Helene, wenn wir immer beieinander sein werden, immer?« Sie hob fast verwundert den Kopf und schaute mir fragend in die Augen. Dort mochte sie wohl die richtige Deutung lesen, denn langsam stieg ein Rot in ihrem reinen Antlitz auf, und sie verbarg es wieder an meiner Brust. Es war eine kleine Pause, indes ich sie sanft an mich drückte. »Auch dann nicht«, flüsterte sie leise.

Wir hatten beide vergessen, daß wir verirrt in der großen Einsamkeit des Schneegestöbers standen; was kümmerte uns, daß wir den Weg verloren hatten, hatten wir doch den schöneren zu unseren Herzen und zu unseren Lippen gefunden!

»Eduard – Helene – Eduard!« rief es plötzlich aus der Ferne, und fast erschreckt fuhren wir auseinander. Und wieder rief es, ich erkannte die Stimme meines Bruders. Ich gab Antwort, und ein vielstimmiges Jubelgeschrei war die Folge. Dann nach einer Weile sah ich die dunkle Gestalt Hermanns aus dem Schnee hervor-tauchen, und weiterhin kam dann eine zweite Gestalt und eine dritte und so fort, alle, wie ich beim Näherkommen bemerkte, an ein langes Seil aufgereiht, an das sie sich in Zwischenräumen verteilt hatten, während der letzte Flügelmann die Bahn innehielt. Sie hatten uns von dem hochgelegenen Wirtshaus, das sie besucht hatten, zufällig mit dem Fernrohr beobachtet und wußten, daß wir vom Schnee überrascht, auf dem Eise sein mußten. So hatten sie denn die lange Wäscheleine des Wirtes requiriert, um uns mit Sicherheit aufsuchen zu können.

Als wir zu Hause bei der Mutter, die uns schon mit Sorgen erwartet hatte, anlangten, rief Hermann, der unterwegs eingeweiht war, durch die Tür übermütig hinein: »Julklapp!« und Helene und ich traten Hand in Hand ins Zimmer. Ein Blick der Mutteraugen genügte, und ihre Arme umschlossen uns beide. »Mein Lieblings-wunsch«, sagte sie glücklich, »und ihr bösen Kinder habt euch so angestellt? Und was wird Tante Amalie sagen?«

Heinrich Seidel

Rotkehlchen.

Herr Dusedann war zweiunddreißig Jahre alt und im besten
Begriff, ein Junggeselle zu werden. Er besaß ein großes
Vermögen, und obgleich er aus diesem Grunde keinen
bestimmten Beruf erwählt hatte, so waren seine Tage
dennoch dermaßen mit Thätigkeit und Arbeit angefüllt, daß
er zu Heiratsgedanken gar keine Zeit fand. Daran war aber
seine große Sammelleidenschaft schuld und ein ihm
innewohnender Drang, alles ins Gründliche zu treiben.
Verwandte besaß er keine mehr, außer seiner etwas
altmodischen Tante Salome, die stets eine schneeweiße
Haube und hellblonde Seitenlöckchen trug und von einer
ewigen Unruhe erfüllt war. Trotz ihres Alters war sie sehr
flink auf den Beinen und klimperte den ganzen Tag mit
ihrem Schlüsselbund treppauf treppab vom Boden in den
Keller, von der Küche in die Kammer. Dann saß sie
plötzlich wieder in ihrem sauberen Zimmer und nähte, aber
ehe man es sich versah, hatte sie Hut und Mantel angethan
und war fort in die Stadt, hetzte die Verkäufer in den Läden,
daß sie nur so flogen, und war mit einer merkwürdigen
Geschwindigkeit aus den entferntesten Gegenden wieder
zurück. Sie konnte laufen wie die Jüngste, und betrieb dies
auch in solchen Momenten, wo im Drange der Geschäfte ihr
solches notwendig erschien. Es war dann seltsam zu sehen,
wie die alte Dame den Korridor entlang huschte, daß die
Löckchen flogen, oder wenn sie mit flinken Füßen die
Treppe hinabschnurrte.

Sie achtete alle Neigungen und Liebhabereien ihres Neffen wie Heiligtümer, sie kannte alle seine Lieblingsgerichte und kochte sie in anmutiger Abwechslung, sie schob unter alle seine Gewohn-heiten und Wünsche sanfte Kissen der Zuvorkommenheit, kurz, Herr Dusedann hätte sich in dieser Hinsicht wie im Himmel fühlen müssen, wenn er nicht von Jugend auf daran gewöhnt gewesen wäre, und deshalb solchen Zustand für selbstverständlich hielt. Da nun alle Unzuträglichkeiten des Junggesellenstandes für ihn weg-fielen, seine mannigfaltigen Liebhabereien ihn mehr als genügend beschäftigten und außerdem eine angeborene Schüchternheit ihn den Verkehr mit dem weiblichen Geschlechte meiden ließ, so ist es nicht zu verwundern, daß Herr Dusedann sich ganz wohl fühlte und nicht im mindesten darauf verfiel, eine Veränderung dieses Zustandes anzustreben.

Seine Lust, alle möglichen Dinge zu betreiben und zu sammeln, hatte sich erst herausgebildet, als er von der Universität zurückgekehrt war und nun gar nicht wußte, was er mit der vielen Zeit in seinem großen Hause anfangen sollte. Zuerst verfiel er auf allerlei schrullenhafte Dinge. So legte er unter anderem eine Sammlung von Porzellanhunden an und brachte es in kurzem auf hundertdreiundneunzig Stück verschiedener Exemplare. Sie wurden auf einer pyramidenförmigen Etagere systematisch ge-ordnet und boten einen Anblick dar, der ebenso komisch als seltsam war. Hierdurch ward er auf die Thatsache hingeführt, daß es in Porzellan noch manche andere Dinge gibt, die nicht zu verachten sind, daß Majolikageräte besonders geeignet erscheinen, die Begier eines Sammlers zu entzünden, und alte venetianische Glaswaren eine geradezu dämonische

Anziehung auszuüben im stande sind. So füllte sich allmählich sein Haus mit einer Unzahl von sonderbaren Gerätschaften, Tellern, Krügen, Tassen und Gläsern, aus denen niemand jemals aß oder trank, und deren einziger Reiz oft nur darin bestand, daß ein anderer sie nicht hatte.

Jedoch diese Dinge mußten untergebracht werden und die Schränke, in denen dieses geschah, die Möbel, auf denen sie standen, mußten sich im Einklang mit diesen Zeugen einer untergegangenen Kultur befinden. So befiel ihn zu alledem ein Fanatismus für alte Möbel, gebauchte Kommoden, braun und gelb eingelegt und mit Messingbeschlägen verziert, riesige altersbraune Wandschränke mit ungeheuren Ausladungen und Gesimsen und einer Geräumigkeit, daß man darin spazieren gehen konnte, seltsame Schreibsekretäre mit bunten eingelegten Blumen verziert und ausgestattet mit einem komplizierten System von Schiebladen, Schränken und Geheimfächern und allerlei spaßhaften Uberraschungen.

Zu alledem gesellten sich allmählich große Mappen mit Kupfer-stichen angefüllt, seltene Bücher, Münzen, Holzschnitzereien, Bernstein- und Perlmutterarbeiten, Kuriositäten aller Art, seltene Erzstufen und Krystalldrusen, japanische und chinesische Lack-, Email- und Bronzewaren, so daß sein Haus und sein Zimmer schließlich mit all diesen Dingen so gespickt und besetzt war, wie ein alter Ostindienfahrer mit Seemuscheln.

Demnach geschah aber etwas, das seiner Lust am Sammeln und Hegen eine neue Wendung gab. Er besuchte zufällig eine Ausstellung von lebenden Vögeln, nahm einige Lose und hatte das Schicksal, ein paar Sonnenvögel zu gewinnen.

Diese anmutigen und reizvollen Tiere, die Schönheit des Aussehens, drolliges Benehmen und herrlichen Gesang miteinander vereinen, machten einen tiefen Eindruck auf ihn und erweckten Appetit nach mehr. Er suchte sofort die Bekanntschaft eines stadtbekannten Vogelliebhabers und stürzte sich mit Feuereifer auf die Erlernung dieser ihm ganz neuen Dinge. Im Umsehen hatte er auf sämtliche Fachzeitschriften abonniert und eine Anzahl von Werken über Vogelkunde erworben. Es gelang ihm sogar, für eine Menge Geld sich in den Besitz von Johann Andreas Naumanns Naturgeschichte der Vögel Deutschlands zu setzen, jenes seltenen und großartigen Werkes, das in der Litteratur aller Völker seinesgleichen sucht. Es war ihm, als sei er nun erst hinter das Wahre und Richtige gekommen, und diese ganz neue Leidenschaft hatten die zwei kleinen chinesischen Piepvögel angerichtet.

Nach Anweisung jenes Vogelkundigen richtete er ein schönes sonniges Zimmer seines Hauses zur Vogelstube ein, die mit Springbrunnen und Teich und rieselndem Gewässer ausgestattet, an den Wänden mit Borke und alten Baumstämmen bekleidet und mit Nistkästen und Futtergeschirren der neuesten und besten Konstruktion versehen war. Unter großen Kosten ward dieser Raum stets mit neuen lebenden Gesträuchen und Tannenbäumen versehen. Zugleich ließ er einen Schrank bauen von weichem Holz, mit unzähligen Schiebladen versehen und außen gar anmutig mit gemalten Vögeln und deren Futterpflanzen verziert. Die Schiebladen wurden mit entsprechenden sauberen Inschriften versehen und gefüllt mit Kanariensamen, Hanf, Hirse, Sonnen-blumenkernen, Haselnüssen, Mohnsamen und was sonst zum Vogelfutter dient, als da sind getrocknete Holunder und Ebereschebeeren, kondensiertes Eigelb, Eierbrot und solcherlei mehr. An den Seiten des Schrankes aber hingen in sauberen Säcken Ameisenpuppen und getrocknete Eintagsfliegen, während oben drauf sechs große mit Flor verbundene Häfen prangten, in die er zwei Pfund Mehlwürmer zur Zucht eingesetzt hatte.

Nachdem alle diese Vorbereitungen getroffen waren und er die Vogelstube mit einer reichen Anzahl von in- und ausländischen Tierchen besetzt hatte, war ihm ein Feld zu reichlicher und dauernder Thätigkeit eröffnet. Wie nun bei allen solchen Lieb-habereien eins das andere mit sich bringt, so ging es auch hier, und Herr Dusedann suchte bald seinen Ehrgeiz darin, die schwierigsten und seltensten Vögel in Gefangenschaft zu halten. Bald hatte er außer seiner Vogel-stube ein ungeheures Flugbauer in einem anderen Zimmer aufgestellt. Darin befanden sich alle vier einheimischen Laubvogelarten, Goldhähnchen, Schwanzmeisen, Bartmeisen, Baumläufer, Zaunkönige, kleine Fliegen-schnäpper und andere zärtliche Vögel, die viel Aufmerksamkeit und Wartung erfordern. In demselben Zimmer flogen zwei Eisvögel umher, die in einem großen Wasserbassin alltäglich eine große Menge von lebenden kleinen Fischen erhielten. Hier konnte er manche Stunde sitzen und diesen schnurrigen, schön gefärbten und metallisch glänzenden Vögeln zusehen, wie sie von ihrem Beobachtungsaste aus plötzlich kopfüber ins Wasser plumpsten und jedesmal mit einem Fischlein im Schnabel auf ihren Sitz zurückkehrten. Wie sie dann den Fang hin und her warfen, bis er mundgerecht lag und ihn unter mächtigem Schlucken hinabwürgten. Wie sie dann eine Weile geduckt und mit ein wenig gesträubten Federn dasaßen, als sei diese ganze Angelegenheit eine verdrießliche und nachdenk-liche Sache und mehr Geschäft als Vergnügen.

Im Laufe der Zeit ward diese Menagerie immer größer und reich-haltiger und ihre Wartung, Beobachtung und Pflege verschlang alle Zeit, die Herrn Dusedann so reichlich zur Verfügung stand.

*

Da geschah es, daß sich seine Wünsche auf den Besitz eines sprechenden Graupapageien richteten und er sich das Glück, ein solches Tier sein eigen zu nennen, mit den glänzendsten Farben ausmalte. Natürlich sollte es ein Genie sein, keines von jenen Tieren mit mangelhafter Schulbildung, die mit: »Wie heißt du,« »Papa,« und »eins, zwei, drei, hurra!« ihren ganzen Sprachschatz erschöpft haben. Nun erfuhr Herr Dusedann durch einen Vogelhändler, daß in der Stadt ein alter pensionierter Beamter lebe, der einen wunderbaren Papagei »klüger als ein Mensch« besitze, und nachdem er sich vieles von den Künsten dieses Wundervogels hatte erzählen lassen, empfand er deutlich, das Leben würde seines schönsten Reizes beraubt sein, wenn er diesen Vogel nicht sein eigen nennen dürfe. Da er von dem Händler hörte, daß der Beamte nicht in den besten Verhältnissen lebe, da er gelähmt sei und von seiner geringen Pension drei Töchter zu erhalten habe, und infolgedessen wohl geneigt sein dürfte, gegen ein gutes Gebot den Vogel zu verkaufen, so steckte Herr Dusedann eines Tages sein Portemonnaie voll Goldstücke und machte sich auf, den Beamten, der Roland hieß, zu besuchen. Dieser wohnte in einem ärmlichen Hause in der Vorstadt, in einer Gegend, wo die Straßen schon anfangen, häuserlos zu werden. Als Herr Dusedann an die Thür klopfte, rief eine etwas schnarrende Stimme:

»Herein!« und er trat in ein ärmliches, aber freundliches Zimmer. Gegenüber der Thür auf einem alten, vielbenutzten Sofa lag ein Mann von einigen fünfzig Jahren mit blassen, aber freundlichen Gesichtszügen und vor ihm auf dem Tische stand ein großes Drahtbauer mit dem erwünschten Vogel.

»Guten Morgen,« sagte der Papagei.

Herr Dusedann erwiderte diese Höflichkeit und stellte sich dann dem Herrn Roland vor.

»Bitte, nehmen Sie Platz,« sagte der Papagei.

Herr Roland lächelte: »Der Vogel nimmt mir die Worte aus dem Munde,« sagte er dann. »Womit kann ich dienen?«

Herr Dusedann setzte sich, räusperte sich ein wenig und indem er seine Augen auf den Papagei richtete, der eine dämonische Anziehungskraft auf ihn ausübte, sagte er: »Ich bin ein großer Vogelliebhaber, Herr Roland. Ich habe von Ihrem außer-ordentlichen Papagei gehört und bin gekommen, Sie um die Erlaubnis zu bitten, die Bekanntschaft dieses Vogels zu machen.«

»Siehst du, wie du bist?« sagte der Papagei. Dann ging er seitwärts auf seiner Sitzstange entlang, verbeugte sich ein paarmal, sah ungemein pfiffig aus und sagte: »Oooh!«

»Ein doller Vogel!« rief Herr Dusedann mit dem Ausdruck der innigsten Bewunderung und zugleich quälte ihn der beängstigende Gedanke, ob er auch wohl genug Goldstücke in sein Portemonnaie gesteckt habe.

»O er kann noch viel mehr!« sagte Herr Roland und betrachtete seinen Liebling mit leuchtenden Augen. Der Papagei, wie um dies zu bestätigen, fing an zu singen: »Kommt ein Vogel geflogen, setzt sich nieder auf mein Fuß!« Dann krähte er wie ein Hahn, gackerte wie eine Henne und bellte so ausgezeichnet, daß der talentvollste Hund noch hätte von ihm lernen können. Mit diesen Leistungen schien er selber zufrieden zu sein, denn er brach scheinbar vor Entzücken in ein ungeheures Gelächter aus.

»Kolossal!« rief Herr Dusedann. Da nun ein Augenblick der Stille eintrat, indem sich der Vogel mit seinem Futternapf beschäftigte, hörte man eine anmutige Mädchenstimme im Nebenzimmer singen, so wie man bei der Arbeit vor sich hinsingt. Obgleich Herrn Dusedanns Aufmerksamkeit durch den Papagei sehr in Anspruch genommen war, bemerkte er dies doch, und durch eine Ideenverbindung fiel ihm seine Vogelstube ein, wenn das Abend-rot seitwärts hineinschien, in den dämmerigen Ecken die kleinen Vögel fast alle schon schliefen und nur noch ein Rotkehlchen sein träumerisch liebliches Abendlied sang. Er horchte eine Weile auf die anmutige Stimme. »Ganz wie ein Rotkehlchen,« dachte er.
Der Papagei war ebenfalls aufmerksam geworden, er sträubte die Kopffedern und sprach mit sanftem Ausdruck: »Wendula! Wendula Roland!« Dann wanderte er wieder seitwärts, verbeugte sich ein paarmal und sagte wieder: »Oooh!«

»Er meint meine Tochter,« sprach der Alte, »er hört sie singen.«

Herr Dusedann war durch und durch begeistert für diesen Vogel. Er faßte Mut, tastete heimlich nach der wohlgefüllten Rundung seines Portemonnaies und sagte: »Sie wissen, Herr Roland, ich bin ein Vogelliebhaber. Ich habe hundertdreizehn Vögel zu Hause. Es ist mein höchster Wunsch, auch einen so gelehrigen Papagei zu besitzen. Sie verzeihen deshalb meine Anfrage. Es könnte ja sein, daß ... und, wenn es wäre ... auf den Preis sollte es mir nicht ankommen ...« Herr Dusedann sah den Alten erblassen und dies verwirrte seine Rede ... »Der Händler sagte vierhundert Mark,« fuhr er fort ... »dies hätte man schon öfters bezahlt ... Aber, wenn Sie nicht wollen ... fünfhundert würde ich geben.«

Es erleichterte ihn sichtlich, daß er dies Angebot los war; der Papagei aber sang: »O du lieber Augustin, alles ist weg, weg, weg!« schwang sich in seinen Ring und schaukelte sich, daß das Bauer bebte.

Der Alte sah auf ihn hin. »Das ist ein schönes Stück Geld,« sagte er, und seine Stimme klang etwas heiser, »allein der Vogel gehört meiner Tochter, er ist ein Andenken von meinem einzigen Sohne, der in der See ertrunken ist.« Dann rief er: »Wendula!«

Die Thür des Nebenzimmers öffnete sich und ein junges Mädchen von etwa achtzehn Jahren trat herein. Ihre Gestalt war mittelgroß und von jener schlanken, elastischen Fülle, die zugleich den Ein-druck von Zartheit und Kraft hervorbringt.

Sie trug ein olivenbraunes Kleid und ein rotes Tüchlein, das den oberen Teil der Brust bedeckte. Sie sah mit großen dunklen Augen etwas verwundert auf den Fremden hin. »Wendula,« sagte der Papagei, »Wendula Roland!«

»Wie ein Rotkehlchen,« dachte Herr Dusedann unwillkürlich wieder.

Der Alte sprach jetzt: »Dies ist Herr Dusedann. Er wünscht deinen Papagei zu kaufen. Er will sehr viel Geld dafür geben – fünfhundert Mark. Du kannst über dein Eigentum frei verfügen und ich will dich nicht beeinflussen.«

Das junge Mädchen sah auf ihren Vater, auf den Papagei und dann auf Herrn Dusedann. Sie besann sich einen Augenblick, öffnete dann die Thür, deren Drücker sie noch in der Hand hielt, sprach mit einer kurzen Handbewegung: »Ich bitte«, und ging in ihr Zimmer zurück. Herr Dusedann folgte ihr. Sie schloß die Thür sorgfältig, schaute dann dem jungen Mann mit den großen dunklen Augen gerade ins Gesicht und schüttelte ein wenig den Kopf.

»Es geht nicht,« sagte sie dann eindrücklich, »es geht wirklich nicht.«

Herr Dusedann wollte etwas sagen; er wußte nur durchaus nicht was.

Dann fuhr sie fort: »Der Vater hängt zu sehr an dem Vogel. Wenn die Schwestern in der Schule sind und ich in der Wirtschaft zu thun habe, da ist er oft lange allein. Er kann ja nur ganz wenig an seinem Stocke gehen und kommt nie aus dem Hause. Da liegt er dann auf seinem Sofa und spricht mit dem Vogel und lehrt ihn neue Künste. Ach, der ist ja so klug und wird alle Tage klüger – es ist manchmal ganz unheimlich, was der für einen Verstand hat.«

Sie sah Herrn Dusedann noch einmal eindrücklich an, nickte ein wenig und fuhr dann fort: »Nicht wahr, Sie sehen das ein? Alle Tage würde sich der Vater nach dem Vogel sehnen, und er hat ja so wenig vom Leben.«

Es war sonderbar, Herr Dusedann hatte nicht mehr die geringste Lust, den Papagei zu kaufen, ja es kam ihm fast wie eine Art von schwarzherziger Abscheulichkeit vor, daß er jemals eine solche Absicht hatte hegen können.

»O gewiß . . . natürlich . . . Jawohl . . . durchaus!« stotterte er, denn das junge Mädchen, das so frei und schlank vor ihm stand und ihm so gerade in die Augen sah, flößte ihm jene Verwirrung ein, die ihn stets jungen Mädchen gegenüber befiel, zumal wenn sie hübsch und anmutig waren. Aber diese Empfindung war sehr stark mit Wohlgefallen gemischt. Herzhafter setzte er hinzu: »Ich würde ihn nie kaufen! nie!«
Sie lächelte ein ganz klein wenig, es war wie ein Sonnenlicht, das durch eine Lücke windbewegter Zweige flüchtig über eine Rose gleitet. Dann hielt sie ihm die Hand hin und sagte: »Gut, nun ist es abgemacht!«

In diese warme Mädchenhand einzuschlagen, war ein gefährliches Unternehmen, allein es gelang über Erwarten gut und durchrieselte Herrn Dusedann gar angenehm bis ins Herz hinein. Dann gingen sie wieder zu dem Alten hinein, der sichtlich erfreut war, als er das Resultat der Verhandlungen erfuhr. Der Papagei, als der Held des Tages, ward nun aus seinem Bauer hervorgenommen und setzte sich auf Wendulas Finger. Er mußte »Küßchen geben«, zuerst dem jungen Mädchen, dann Herrn Dusedann, was wiederum eine verfängliche Sache war. Dann sträubte er die

Nackenfedern und bat: »Köpfchen krauen!« dann sang er: »Ich bin der kleine Postillon,« und blies überaus schön ein Postsignal, dann weinte er wie ein kleines Kind, hustete wie ein alter Zittergreis und entwickelte alle seine sonstigen Talente – mit einem Wort, er war entzückend. Herr Dusedann lebte ganz auf und verlor seine Schüchternheit, ihm gelangen zu seiner eigenen Verwunderung die schönsten zusammenhängenden Sätze und beim Abschied sprach er in wohlgesetzten Worten die Bitte aus, seinen Besuch wiederholen zu dürfen, um diesen außerordentlich gelehrten Papagei noch einmal bewundern zu können.

Dies ward ihm in Gnaden gewährt.

*

Herr Dusedann, was ist mit Ihnen vorgegangen? Weshalb schauen Sie zuweilen so nachdenklich in die Wolken und so tiefsinnig in den Himmel, als wollten Sie die Geheimnisse des Weltalls ergründen? Weshalb, im Gegensatz dazu, sind Sie dann wiederum so lustig und trillern allerlei Liederchen und hüpfen sogar in zierlichen Bocksprüngen, obgleich Sie doch sonst so gesetzt und ebenmäßig einhergingen? Woher kommt Ihr plötzliches intensives Interesse für Sylvia rubecula, auf deutsch Rotkehlchen genannt, da Sie doch sonst für diesen Sänger keine übermäßige Vorliebe verrieten? Was soll man dazu sagen, daß Sie alle die anderen zierlichen Tierchen in Ihrer Vogelstube kaum eines Blickes würdigen und nur diesem einen Rotkehlchen mit fast verliebten Blicken nachfolgen? Sind denn die Sonnenvögel weniger anmutig, die Sperlingspapageien nicht so drollig und die vielen kleinen afrikanischen Finken nicht ebenso niedlich als sonst? Was hat Ihnen das Blaukehlchen gethan, daß Sie es gar nicht mehr beachten, wenn es im Sonnenschein auf dem Bauche im Sande liegt und sein seltsam liebliches Liedchen ableiert? Was soll es bedeuten, daß Sie alle Tage Ihre Spaziergänge in jene armselige Vorstadt richten und dann auf die Chaussee hinauslaufen, wo es nichts zu sehen gibt als Pappeln und winterlich öde Sandfelder? Wenn Sie dann an einem gewissen Hause vorbeikommen, weshalb schleichen Sie denn wie ein Verbrecher daher und wagen kaum hinzusehen? Wissen Sie wohl noch, was neulich passiert ist an jenem sonnigklaren Dezemberfrosttage, als die Welt so frisch und jungfräulich im ersten Dauerschnee dalag? Dieser freudige kalte Tag mußte wohl Ihren Mut befördert haben, denn Sie wagten es, mit großer Kühnheit nach dem Fenster des bewußten Hauses zu blicken, aber als Sie dort ein junges schlankes Mädchen be-merkten, das mit großen dunklen Augen auf Sie hinschaute, da wurden Sie rot wie eine Purpurrose und zogen sehr tief Ihren Hut ab, während das Mädchen sich freundlich verneigte und auch, wohl im Widerschein Ihres Antlitzes, ein wenig anglühte. Sie liefen dann wieder auf die öde Chaussee hinaus und geruhten, sich ein wenig närrisch zu benehmen, absonderlich wieder erklecklich zu hüpfen und allerlei Poesieverse in den Wintertag hinein zu deklamieren. Dero Gedanken waren unbedingt an einem anderen Orte, denn Sie bemerkten weder den großen grauen Würger, Lanius excubitor L., der im Sonnenschein auf dem Pappelwipfel saß, noch die Eisvögel, Alcedo ispida L., die an dem noch nicht zugefrorenen Bach mit Fischfang sich erlustierend, in der Sonne wie Edelsteine glänzten. Obgleich doch solcherlei Schauspiel sonsten von Ihnen mit besonderem Wohlgefallen betrachtet wurde, Herr Dusedann! Sie werden sich erinnern, daß Sie späterhin auf der Chaussee noch andere Merkwürdigkeiten trieben, absonderlich, daß Sie plötzlich in großen Schreck gerieten, indem Sie sich bewußt wurden, ganz laut einen Namen in den schneeglänzenden Wintertag hinausgerufen zu haben, und zwar lautete dieser: »Wendula! – Wendula Roland!« – Was soll man davon denken, Herr Dusedann? Sie sahen sich zwar sofort erschrocken um und beruhigten sich erst, als Sie bemerkten, daß auf der ganzen weiten Chaussee kein Mensch zu sehen war. Sie suchten sich einzureden, nur die Liebe zum Wohlklange habe Sie veranlaßt, diesen melodischen Namen auszurufen, aber ob Sie sich dieses geglaubt haben, ist noch sehr die Frage.

Ja, es war eine merkwürdige Veränderung mit Herrn Dusedann vorgegangen. Acht Tage lang hielt er es aus, ohne den Anblick des wunderbaren Papageis zu leben, dann trieb es ihn mit magnetischer Gewalt, sich wieder nach ihm umzusehen. Das nächste Mal konnte er diese Sehnsucht nur noch drei Tage lang unterdrücken und dann stellte er sich ein um den anderen Tag ein, so daß er binnen kurzem im Hause Roland eine bekannte Erscheinung ward. Auch eine beliebte. Der Alte freute sich, jemand zu haben, mit dem er plaudern konnte, die beiden jüngeren Töchter Susanne und Regina fanden einen harmlosen Spielgefährten in ihm, dessen Taschen allerlei Süßigkeiten bargen, und Wendula – ja wer wollte das ergründen, was in der Tiefe ihrer dunklen Augen verborgen lag. Aber das muß gesagt werden, daß sie heller aufleuchteten, wenn die Thürglocke erklang und der bekannte Schritt auf dem Gange hörbar ward. Als bemerkenswert muß auch verzeichnet werden, daß Herr Dusedann, der bekannt-lich doch nur kam, um den Papagei zu sehen, zuweilen nach längerem Aufenthalt wieder fort ging, ohne ihm mehr als einen halben Blick geschenkt zu haben, eine Inkonsequenz, die aus den sonstigen Charaktereigenschaften dieses jungen Mannes nicht genügend erklärt werden kann.

Da die Weihnachtszeit herannahte, so waren auch in diesem Hause vielerlei Geheimnisse im Gange, und Herr Dusedann genoß das ehrenvolle Vertrauen, von allen drei Mädchen in ihre ver-schiedenen Unternehmungen eingeweiht zu werden, so daß ihm als einem Weihnachtsbeichtvater das ganze Gewebe gegenseitiger Ueberraschungen klar vor Augen lag. Diese Dinge rührten ihn und gefielen ihm gar wohl, zumal er seine Eltern früh verloren hatte und einsam ohne Geschwister aufgewachsen war. Dies alles berührte ihn als etwas Neues und seltsam Liebliches und zum erstenmal in seinem Leben ward ihm klar, daß er in seiner Kindheit trotz allen Ueberflusses doch vieles entbehrt habe, das kein Reichtum schaffen kann.

Es kam einmal zur Sprache, daß er dieses Fest noch niemals in Gegenwart von Kindern gefeiert habe, immer nur, so lange er denken konnte, mit der alten Tante Salome am Abend des ersten Weihnachtstages. Diese zierte dann einen Tannenbaum auf mit allerlei dauerhaften Schmuckdingen, die sie sorgfältig in einer Schieblade aufhob, und deren manche noch aus seiner Kinderzeit stammten. Den Grundstock ihrer Bescherung bildeten stets sechs Paar selbstgestrickte Strümpfe und darum gruppierten sich einige wertlose Kleinigkeiten, »denn was soll ich dir schenken, mein Junge,« sagte sie, »du hast ja alles!« Dazu hatte sie aber stets nach alten geheimnisvollen Familienrezepten eine Unzahl der verschiedensten Kuchen gebacken, die keines von beiden aß und die später so allmählich fortgeschenkt wurden. Herrn Dusedanns Gegengeschenk bestand jedoch, seit er mündig war, stets aus einem Schächtelchen mit Goldstücken, die Tante Salome in ihre Sparbüchse that. Nach der Bescherung gab es Karpfen zum Abendessen, und Herr Dusedann braute dazu aus einer Flasche Burgunder, einer Flasche Portwein und ein wenig echtem Jamaika-Rum einen Punsch, worin sich Tante Salome regelmäßig einen kleinen Spitz trank. Danach wurde feierlich zu Bette gegangen und die Sache war erledigt.

Wie es kam, ist nicht mehr mit Genauigkeit festzustellen, allein, als man über diese Dinge redete und Herr Dusedann zwischendurch den Wunsch äußerte, dies Fest einmal in Gemeinschaft mit Kindern zu feiern, da war er, ehe man sich's versah, eingeladen. Dies ging insofern ganz gut, als die Familie Roland das Fest am heiligen Abend feierte, und Herr Dusedann somit seine eigenen geheiligten Familientraditionen nicht zu durchbrechen nötig hatte, eine Tempelschändung, die zu verüben er auch wohl nicht gewagt haben würde. Da nun seine Kühnheit in der letzten Zeit schon bedeutend zugenommen hatte, so gelang es ihm, in wohlgesetzter Rede den Wunsch anzusprechen, daß ihm erlaubt sein möchte, sich an diesem Abend ganz als ein Mitglied der Familie zu betrachten, und man ihm nicht verübeln möge, wenn er sich in jeder Hinsicht an der Bescherung beteilige. Daß die Familie Roland dagegen nichts einzuwenden hatte, stimmte ihn so fröhlich, daß er auf dem Rückwege nach seiner Wohnung eine große moralische Kraft anwenden mußte, in dem frisch gefallenen Schnee der Straße nicht einigemal vor Vergnügen Kobold zu schießen. Das ehrwürdige Blut der Dusedanns aber, das in seinen Adern floß, war stark genug, diese hasenfüßige That zu verhindern.

Von diesem Tage an wurde Herr Dusedann viel mit Paketen gesehen. Da aber in dieser Zeit solches eine häufige Zierde des Mannes, insonderheit des Familienvaters und des alten guten Onkels ist, so fiel das weiter nicht auf. Aber der junge Mann zitterte doch oftmals bei seinen Einkäufen davor, daß ihn ein Bekannter dabei überraschen möge. Zwar bei der großartigen Kinderkochmaschine, die er für Regina einkaufte und der für Susanne bestimmten Puppenstube von märchenhafter Pracht hätte er schon leicht eine Ausrede finden können, allein was sollte er sagen, wenn ihn jemand gefragt hätte, für wen der kostbare olivenbraune Seidenstoff bestimmt sei und die wunderbare goldene, mit Perlen behängte Halskette, die der erste Juwelier der Stadt nach den Zeichnungen eines bedeutenden Künstlers ausgeführt hatte. Wenn er behauptet hätte für Tante Salome, so wäre diese Lüge doch gar zu durchsichtig gewesen. Und so kaufte er in einer Art von Rausch noch allerlei Dinge, die ihm passend und angenehm erschienen. Daß sein Beginnen sehr auffallend war, kam ihm gar nicht in den Sinn, dazu hatte er zu einsam gelebt und zu wenig Begriff von dem Wert des Geldes.

Als er kurz vor Weihnachten zu der Familie Roland kam, traf er den Alten allein und in sehr trübseliger Stimmung. Nach einigen Worten der Einleitung fragte dieser mit bebender Stimme: »Möchten Sie den Papagei noch kaufen, Herr Dusedann?«

Als dieser ihn verwundert anblickte, fuhr er fort: »Ich werde sehr bedrängt durch eine Schuld, die ich zur Zeit meiner schweren Krankheit, der mein jetziges Leiden folgte, eingehen mußte. Bis jetzt habe ich sie in kleinen Raten vierteljährlich vermindert, allein nun will der Geldgeber nicht mehr warten. Außerdem ist das Weihnachtsfest vor der Thür und der erste Januar mit seinen Ausgaben. Es ist ja auch ein großer Luxus für einen Mann wie mich, ein so kostbares Tier zu halten. Ich habe mir die Sache über-legt. Ein sogenannter roher Graupapagei, der frisch angekommen ist und noch nichts versteht, kostet nur sechsunddreißig Mark. Ich schaffe mir von dem übrigen Gelde einen solchen an, einen, der noch graue und nicht gelbe Augen hat, also noch jung ist, und dann will ich mich dahinter setzen, daß er bald ebensoviel lernen soll als dieser.«

Herrn Dusedann schoß ein glänzender Gedanke wie eine Sternschnuppe durch den Kopf.

»Gewiß,« sagte er, »den Papagei kaufe ich gerne, aber Sie müssen ihn noch eine Weile behalten, bis ich mich auf ihn eingerichtet habe. Nicht wahr? Im nächsten Jahre hole ich ihn mir.« Da er gerade genügend mit Geld versehen war, so zählte er die fünfhundert Mark auf den Tisch und verabschiedete sich. Zu Anfang war er ein wenig betroffen und ergriffen, denn zum erstenmal in seinem Leben war ihm menschliche Not entgegen-getreten, allein diese Stimmung verlor sich bald, denn es lag ja in seiner Hand, diesen Menschen, die er achtete und liebte, von seinem Ueberflusse mitzuteilen. Der Mond, der an diesem Abend in Herrn Dusedanns Zimmer schien, hatte einen wunderlichen Anblick. Er sah diesen Herrn in seinem Bette liegen und in höchst seltsamer Weise alle Augenblicke sich die Hände reiben, ja sogar zuweilen unter der Bettdecke mit den Beinen ziemlich strampeln. Der gute alte Mond glaubte, daß Herrn Dusedann fröre; freilich er konnte nicht wissen, daß in dem Zimmer sehr schön geheizt war und Herr Dusedann bloß vor lauter Vergnügen nicht einschlafen konnte.

Am Morgen des vierundzwanzigsten Dezember erwachte Herr Dusedann so erwartungsvoll und freudig wie ein richtiges Kind, das diesen seligen bevorstehenden Abend kaum abzuwarten vermag. Er packte alle seine eingekauften Schätze sorgsam in eine ungeheure Kiste und bestellte dann einen Dienstmann, der die Weisung erhielt, diese am Abend um fünf Uhr in der Rolandschen Wohnung abzuliefern. Nur eine Schachtel behielt er zurück und machte sich damit um ein Uhr auf den Weg, um sie persönlich abzuliefern. Sie enthielt einen Beitrag zur Ausschmückung des Tannenbaums, denn er hatte sich extra auserbeten, an diesem feierlichen Akte teilnehmen zu dürfen. Er fand den Alten und die beiden Kinder zusammen in dem Vorderzimmer.
»Wir dürfen nicht hinein,« sagte Susanne und zeigte auf die Nebenthür: »Wendula putzt auf!«

»Aber ich darf doch?« fragte Herr Dusedann.

»Ja, Sie dürfen. Wendula hat's gesagt.«

Er klopfte jetzt und ward durch einen schmalen Thürspalt hineingelassen.

»Ich habe doch was blinken sehen,« rief Regina triumphierend.

Wendulas Gesicht war von der eifrigen Thätigkeit rosig angehaucht und ihre dunklen Augen strahlten. Sie hatte die Aermel ein wenig aufgestreift, daß die schönen weißen Arme zur Hälfte sich zeigten. Die Grundlage alles Tannenbaumaufputzes, die Silber- und Goldäpfel, hatte sie bereits angehängt, und diese schimmerten freundlich aus dem dunklen Grün hervor. Herr Dusedann packte seine Schachtel aus. Es waren lauter Vögel darin, Marzipan-, Zucker- und Schokoladevögel, die er mit großer Mühe aus allen Zuckerwarenfabriken und Konditoreien der Stadt zusammengesucht hatte, Papageien, die sich in Ringen schaukelten, Schwäne, Gänse, Enten, Hühner, Kanarienvögel und alles mögliche. Zu seinem großen Bedauern hatten aber die buntesten und prächtigsten dieser wohlschmeckenden Tiere mehr aus einer exotischen Zuckerbäckerphantasie ihren Ursprung genommen, als daß sie treue Nachbilder der Wirklichkeit gewesen wären. »Wie würden Sie nun dies Geschöpf nennen?« sagte er und hielt ein solches Gebilde empor, »Fasanen-Möwen-Schwan-Geier ist die kürzeste Bezeichnung, denn von allem ist was drin.«

»Ich nenne ihn Piepvogel,« sagte Wendula, »und hänge ihn an den Tannenbaum.«
Er beteiligte sich an dieser Arbeit, stellte sich aber ein wenig ungeschickt dabei an. »Wir wollen uns in die Arbeit teilen,« sagte Wendula, »ich hänge an und Sie reichen mir die Sachen zu.«

Herr Dusedann war es zufrieden. Aber war es notwendig, daß bei diesen Verrichtungen die Hände sich so oft trafen und die Augen so lange aneinander hafteten? War bei den Beratungen über den besten Ort für irgend einen Gegenstand es gar nicht zu vermeiden, daß die Schultern sanft aneinander ruhten und die Hände sich wieder begegneten? Was sollte es bedeuten, daß beide so oft lachten über Dinge, die nichts Komisches an sich hatten, und dann wieder bei einer ähnlichen Gelegenheit ohne jeden ersichtlichen Grund verstummten? Seit wann bedurfte Wendula, eine so behende Persönlichkeit, unbedingt der Hilfe, um auf einen Stuhl zu steigen, und fraglos der Unterstützung, wenn sie wieder herab wollte?

Endlich hatte sie die letzten Lichter an dem oberen Kranz der Zweige befestigt, stand auf ihrem Stuhl und betrachtete ihr Werk. »Nun ist alles fertig!« sagte sie mit einem kleinen Seufzer.

»Wie schade!« meinte Herr Dusedann. Dann sahen sie sich in die Augen und er reichte ihr die Hände, um ihr beim Absteigen behilflich zu sein.

Sie glitt an ihm hernieder und lag in seinen Armen. Dann küßten sie sich. Herr Dusedann hielt sie fest umschlossen und fragte ganz leise: »Auf immer?«

»Nun und immerdar!« sagte Wendula noch leiser.

Sie mochte wohl den Tannenbaum mit ihrem Kleide gestreift haben, denn es fiel etwas plötzlich herab. Sie erschraken beide und fuhren auseinander. Herr Dusedann nahm es auf; es war ein kleines Pfefferkuchenherz, in zwei Teile zerbrochen. Er reichte es Wendula hin, diese paßte die zerbrochenen Hälften aneinander und gab dann die eine Herrn Dusedann. Beide aßen ihren Anteil stillschweigend auf, lachten dann wie die Kinder und gingen Hand in Hand hin, Herrn Roland um seinen Segen zu bitten.

Die beiden Kinder waren anfangs ganz erstarrt, allein dies ging bald in ausgelassene Lustigkeit über, sie sprangen beide jauchzend im Zimmer herum, der Papagei sang und pfiff, blies, krähte, bellte und trompetete, und Herr Dusedann mußte bald mit der einen, bald mit der anderen herumtanzen, so daß Herr Roland sich zuletzt in komischem Entsetzen die Ohren zuhielt.

Als nun zuletzt die große Kiste ankam und die Bescherung losging, und Herr Roland seinen Papagei feierlichst zurückgeschenkt erhielt, da war ein solcher Ueberfluß von Liebe, Glück, Dankbarkeit und anderen schönen Empfindungen an diesem Orte vorhanden, daß es ein wahres Wunder war, wie das alles in der engen Wohnung Platz fand.

Heinrich Seidel

Am See und im Schnee
Eine Weihnachtsgeschichte

Aus: Heimatgeschichten, Stuttgart und Berlin o. J.

1
Am See

Braunsberg und Wildingshagen sind zwei Rittergüter, die in einer der fruchtbarsten Gegenden von Norddeutschland nicht weit von-einander entfernt liegen. Vor Jahren lebten daselbst zwei Guts-besitzer von einerlei Gesinnung und Neigung; sie hielten gute Freundschaft miteinander, unterstützten sich gegenseitig mit Rat und Tat und waren eifrig bemüht, einer dem andern den guten Rotwein auszutrinken, der reichlich in ihren Kellern lagerte. Dies freundschaftliche Verhältnis schien sich bei den ältesten Söhnen, die zur Übernahme der Güter bestimmt waren, fortsetzen zu wollen. Sie besuchten in einer benachbarten Stadt das Gymnasium, durchsaßen fast nebeneinander in langsamem Tempo die Klassen und kamen beide glücklich genau an derselben Stelle durch das Abiturientenexamen, nämlich an jener, wo oben durch und unten durch hart aneinander grenzen. Während dieser ganzen Zeit waren sie unzertrennlich gewesen, hatten bei einer kleinen ausge-bleichten Kanzleisekretärswitwe zwei Zimmerchen bewohnt, hatten alle Vorräte, mit denen ihre vorsorglichen Mütter das städtische Hungerleben zu mildern trachteten, redlich mitein-ander geteilt und alle ihre dummen Streiche gemeinsam aus-geführt.

Sie bezogen demnächst auch dieselbe Universität, um sich unter dem Vorwande des Studiums der Rechtswissenschaft einige Jahre lang von den schrecklichen Strapazen der Abgangsprüfung zu erholen, und hier erlitt der scheinbar so dauerhafte Freundschaftsbund den ersten Riß, indem Peter Maifeld, der einstige Besitzer von Braunsberg, eines guten Abends in die Netze einiger Korpsstudenten ging und am andern Morgen mit schwerem Haupte als ein Fuchs der Borussia erwachte, während Fritz Dieterling, der zukünftige Herr auf Wildingshagen, fast gleichzeitig in die Burschen-schaft Germania eintrat. Da sie nun auf diese Art plötzlich gewissermaßen zwei verschiedenen Nationen angehörten, deren unabänderliche Stammesgesetze vor-schreiben, sich gegenseitig mit gebührender Nichtachtung zu betrachten, so blieb ihnen nichts übrig, als sich zu trennen und sich fortan mit kühler Höflichkeit aus der Ferne zu besehen. Dies hinderte jedoch nicht, daß sie bei Ferien-besuchen in der Heimat, wo sie sich auf neutralem Boden und sozusagen in Zivil fühlten, den alten, freundschaftlichen Umgang fortsetzten, bei welchen Gelegen-heiten sie allerdings häufig über die erhabenen Grundsätze ihrer beiden Völkerschaften in großen Streit gerieten, ohne daß es einem von ihnen gelingen wollte, den anderen von der Haltlosigkeit und Verwerflichkeit seiner Anschauungen zu überzeugen.

Beide verließen nach drei Jahren die Universität, Peter Maifeld, um bei einem Freunde seines Vaters die Landwirtschaft praktisch zu erlernen, während Fritz Dieterling noch eine Zeitlang auf Reisen ging. Jedoch nach einem halben Jahre schon rief ihn die Nachricht von dem plötzlichen Tode seines Vaters nach Hause, und er war gezwungen, augenblicklich das Gut zu übernehmen und sich mit Beihilfe eines alten, tüchtigen Inspektors in die neue Tätigkeit einzuarbeiten. Nach einem Jahre verheiratete er sich mit einer benachbarten Gutsbesitzerstochter von blühender Gesund-heit und achtbarem Vermögen, und nicht ganz ein weiteres Jahr später war auch schon ein neuer, ganz kleiner und sehr anspruchs-voller Fritz Dieterling da, so daß der, der noch vor dreißig Monaten im Kreise fröhlicher Genossen gesungen hatte: »'s gibt kein schön'res Leben als Studentenleben!« nun bereits die Würde eines Familien-vaters bekleidete und mit vollem Rechte das Lied anstimmen konnte: »O, alte Burschenherrlichkeit, wohin bist du verschwunden?!« Dies fiel ihm aber gar nicht ein, sondern sich mit Feuereifer seiner neuen reichen und vielseitigen Tätigkeit widmend, lag ihm nichts ferner als jene sentimentale Erinnerung an die sogenannte frische und fröhliche Studentenzeit, die man vorzugsweise bei jenen findet, die sich nicht weiter entwickeln, sondern, nachdem sie eine Zeit tollen studentischen Übermutes wie eine Krankheit, gleich den Masern, überstanden haben, auf alle viere in das Philistertum zurücksinken, wo von jeher ihre wirkliche Heimat war.

Einige Jahre später starb auch der alte Maifeld, und der Sohn trat an seine Stelle. Auch dieser sah sich alsbald unter den Töchtern des Landes um, und dem Bunde, den er einging, entsproßte ein Mädchen, das auf den Namen Helene getauft, aber Hella genannt wurde.

Anfangs herrschte unter den beiden Nachbarfamilien ein so fröhlicher Verkehr, wie in den Zeiten der Väter, und die Brauns-berger Halbchaise mit den zwei prächtigen Apfel-schimmeln hielt ebensooft mit scharfem Ruck vor dem Wildingshäger Herrenhause an, als die mit zwei schönen Füchsen bespannte Kutsche Fritz Dieterlings vor dem Hause des benachbarten Freundes. Die beiden jungen Landleute tauschten Erfahrungen miteinander aus, die Frauen Sämereien, Bruteier oder Kochrezepte, und wenn in dem Braunsberger Obstgarten die Gravensteiner Äpfel gediehen oder im Wildingshäger die Grand Richards, so hatte man auf beiden Gütern von diesen köstlichen Früchten. Jedoch im Laufe der Zeit stellten sich allerlei Zerwürfnisse heraus, denn es zeigte sich, daß die politischen Ansichten beider Männer vollständig verschieden waren. Während Maifeld einer äußerst konservativen Richtung angehörte, waren Dieterlings Anschauungen von durchaus liberaler Färbung, und da sich durch das eben vorübergegangene Jahr 1848 dergleichen Spannungen sehr verschärft hatten, so konnte es nicht ausbleiben, daß sich die Gemüter der beiden Freunde, wenn sie bei dem guten Rotwein aus den Kellern ihrer Väter saßen, oft bedeutend erhitzten, indem der eine für das Wohl des Vaterlandes gerade das für ersprießlich hielt, was der andere für dessen Ruin und gänzliches Verderben erachtete. Dazu kam noch, daß sich Dieterling auch in seinem landwirtschaftlichen Berufe als ein Freund des Neuen und des Fortschrittes erwies, während Maifeld auch hier dem Alten und von den Vätern Erprobten anhing und nicht verfehlte, jeden mißglückten Versuch einer Neuerung mit lustigen Spöttereien und kleinen höhnischen Bemerkungen zu begleiten. So geschah es denn, daß sich die Kluft zwischen den beiden Freunden immer mehr erweiterte, daß sie immer seltener miteinander zusammenkamen und schließlich eines Tages an einem dritten Orte so heftig aneinander gerieten, daß Dieterling seinen Nachbar für einen bejammernswerten Idioten erklärte, während dieser ihm einen aufgeblasenen Schwätzer gegenleistete. Das nach diesem Auftritt unvermeidlich scheinende Duell wurde durch die Vermittelung wohlmeinender Freunde glücklich verhindert, allein von dieser Zeit ab war der Bruch entschieden und die Beziehungen zwischen beiden Gütern gänzlich zu Ende. Da nun auf dem Schutthaufen einer gewesenen Freundschaft die Giftpflanzen der Verleumdung und des Hasses bekanntlich am üppigsten gedeihen, so standen diese Gewächse bald in kräftiger Blüte und sogen aus jedem kleinen Anlaß neue Nahrung und herrliches Wachstum. Alles Nachteilige und Dumme, was gute Freunde und getreue Nachbarn über die andere Familie bereitwilligst verbreiteten und herumtrugen, ward mit verächtlichem Achselzucken und einer Miene hinge-nommen, die ausdrücken sollte, daß lächerliche

Abgeschmacktheit eben das sei, was man von der gegnerischen Seite als natürliche Lebens-äußerung erwarte und voraussetze. Da nun zufällig beide Güter den natürlichen Abfluß ihrer Produkte nach zwei verschiedenen Städten hatten, so geschah es auch, da die feindlichen Familien sich nicht mehr suchten und es unmöglich war, sie in der Gegend zusammen einzuladen, daß beide niemals miteinander zusammen-trafen und sogar die Männer jahre-lang einander nicht ansichtig wurden. Die ältesten Kinder, Fritz und Hella, in so jugendlichem Alter voneinander getrennt, hatten sich ebenfalls niemals wieder erblickt, sondern nur voneinander gehört, wodurch sie unter den vorhin erwähnten Umständen zu keinen sehr anmutigen Begriffen gelangen konnten. Als beide fast erwachsen waren, stellte sich das junge Mädchen unter dem Nachbarssohne ein Geschöpf vor, das man vielleicht zart mit »wüster, unwissender Tagedieb« bezeichnen könnte, während dieser von seiner jungen Nachbarin eine Vorstellung hatte, die durch den Ausdruck »alberne Zierpuppe« nur schüchtern und mit aller Rücksicht, die man dem weiblichen Geschlechte schuldig ist, wiedergegeben werden kann.

Fast zehn Jahre hatte der Zwist der beiden Familien gedauert, die »alberne Zierpuppe« war blühend und frisch und ziemlich unangekränkelt von der sogenannten modernen Bildung aus der städtischen Pension zurückgekehrt, wo es ihr als einem Mädchen von gesundem Geist und Körper niemals besonders behagt hatte, und der »wüste, unwissende Tagedieb« war mit seinem Militärdienstjahr schon seit einiger Zeit zu Ende, da brach der Deutsch-Französische Krieg aus.

Der junge Fritz Dieterling ward natürlich eingezogen und ging als Reserveoffizier mit gegen Frankreich. Er war an der Schlacht bei Wörth und an dem gewaltigen Marsche auf Sedan und dessen Einschließung beteiligt, wobei ihn das Glück so begünstigte, daß er sowohl von Verwundung als Krankheit verschont blieb, sich das Eiserne Kreuz erwarb und trotz aller Strapazen des Kriegslebens blühend und kräftig vor Paris anlangte. Gegen Ende der langwierigen Einschließung und Belagerung dieser ungeheuren Festung erhielt er jedoch bei einem der vielen Ausfälle der französischen Besatzung einen Schuß in den linken Arm, zeichnete sich aber bei dieser Gelegenheit durch Mut und Umsicht so ungemein aus, daß ihm das Eiserne Kreuz erster Klasse zugesprochen wurde. Seine Verwundung war jedoch so komplizierter Natur, daß die Heilung einen sehr langwierigen Verlauf nahm und er allmählich von Lazarett zu Lazarett zurückbefördert ward, bis man ihn zum Zwecke seiner gänzlichen Genesung in die Heimat entließ.

Herrn Peter Maifeld paßte die kriegerische Auszeichnung des jungen Dieterling sehr wenig in sein System, insonderheit verdroß es ihn, daß sich der Sohn seines Feindes also hervorgetan hatte, daß man ihn des höchsten Ehrenzeichens, das seinem Stande zugänglich war, für würdig hielt. Zu Anfang murmelte er etwas von unverdientem Glück oder, wie er sich auszudrücken liebte, »unverschämten Torkel«, aber damit half er sich nicht über die Sache hinweg, denn im Grunde tat dieser Vorfall seinem braven Patriotenherzen doch zu wohl. Durch diese verhältnismäßig so seltene Auszeichnung fühlte sich die ganze Gegend geehrt, und überall hörte man mit Behagen und Anerkennung von dem jungen Manne sprechen. Das war nun einmal nicht zu ändern, Mut und soldatische Tüchtigkeit mußte der vermeintliche Tagedieb doch besitzen, und das sind immerhin Eigenschaften von allerhöchstem Wert, zumal im Kriege. Überhaupt fühlte er zu seiner Verwunderung, und fast mit Beschämung, daß er über seine politischen Gegner lange nicht mehr so schroffe Ansichten hegte als früher, und dies war ihm fatal, denn er glaubte darin bei sich einen Mangel an Konsequenz zu erkennen. Ach, er wußte nicht, daß die sogenannte Konsequenz in politischen Dingen oftmals nur auf dem Mangel an Fähigkeit oder Neigung beruht, seine Irrtümer einzusehen, und nur von Philistern und Toren für eine Tugend gehalten wird. Die kleinen inneren Reibungen, die in ruhigeren Zeiten die Gemüter bewegen und zum Kampfe reizen, hatten an Wichtigkeit verloren, da sich in gewaltigem, blutigem Ringen Völkerschicksale entschieden. Gleichviel welcher politischen Richtung die Männer angehörten, ihre Söhne oder Verwandten standen gemeinsam auf dem Schlachtfelde für dieselbe große Sache, und wenn sie fielen, mischte sich das Blut des einen mit dem des andern.

Um diese Zeit geschah es, daß an einem wunderschönen Tage des beginnenden Herbstes Hella ihren Pony satteln ließ, um einen Spazierritt zu unternehmen. Eine klare, sonnige Luft war rings verbreitet, stärkend wie Wein, und aus den dampfenden Morgennebeln war ein goldener Tag emporgestiegen. Es war, als hätte sich die blaue, wolkenlose Glocke des Himmels unendlich erweitert und die Welt sich vergrößert, denn vieles an den dämmernden Höhenzügen des Horizontes, das sonst in blauem Dunst oder matten Schleiern verhüllt lag, tat sich in bestimmten Linien und zarten Umrissen hervor, und an dem Wahrzeichen der Gegend, der Kirche von Borna, die viele Meilen weit sichtbar auf dem langgestreckten Höhenzuge sich zeigte, der den Lauf der Elbe begleitet, konnte man heute alle Fenster zählen. Der Trieb in die Ferne, der solchen Tagen eigen ist, die erfüllt sind von den Lockrufen wandernder Vögel und den silbernen Fäden des fliegenden Sommers, hatte auch Hella ergriffen, und am liebsten wäre sie hinausgeritten in die weite Welt, die heute so sauber und glänzend erschien, so recht wie ein Schauplatz für lauter zierliche und anmutige Abenteuer. Sie dehnte deshalb ihren Ritt heute weiter aus als gewöhnlich, bis sie an die Grenze gelangte, wo an dem Walde des feindlichen Nachbargutes entlang ein wenig befahrener Feldweg lief. Dort ließ sie ihr Pferdchen im Schritt gehen, und als sie, den Blick auf den herbstlich gefärbten Wald gerichtet, dort entlang zog, wurden allerlei Erinnerungen an längst entschwundene Zeiten in ihr wach. In früheren Tagen, als die Familien noch viel miteinander verkehrten, war man öfters auf halbem Wege in diesem Walde zusammengekommen. Das Gehölz umschloß einen kleinen See, an dessen Ufern sich unter dem Schutze einer alten mächtigen Eiche einige Rasenbänke befanden und eine regendichte Mooshütte errichtet war, die bei ungünstiger Witterung einen Unterschlupf bot. Dort hatten die beiden Familien mit anderen Freunden aus der Umgegend so manches kleine Sommerfest miteinander gefeiert, und oftmals hatte von dort aus das Klingen der Gläser, fröhliches Gelächter und lustiger Gesang durch den Wald geschallt. Aus ihrer frühen Kindheit erinnerte sich Hella so mancher dieser Zusammenkünfte, und besonders die letzte dieser Art, die überhaupt stattfand, war ihr treu im Gedächtnis geblieben. Man hatte an einem wunderschönen

Herbsttage dort am See den Geburtstag der Frau Dieterling gefeiert, und Hella erinnerte sich noch sehr wohl ihrer Verwunderung, als sie alle jungen Fichten der Umgegend mit leuchtenden Georginen und Sonnenblumen geschmückt fand, denn im ersten Augenblick hatte sie gedacht, diese Nadelhölzer hätten solchen farbigen Zierat aus eigenem Vermögen hervorgebracht. Fürchterlich war es gewesen, und sie hatte sich sehr die Ohren zugehalten, als Fritz Dieterling zu Ehren des Tages aus einer großen Messingkanone das Echo anböllerte, aber nachher hatte sie selbst über den See hinweggerufen: »Hella!« Da hatten ihr zarte Stimmen geantwortet, schnell hintereinander weg und immer ferner, wohl viermal, und sie hatte fest geglaubt, dort in dem grünen Dämmer des Seeufers müßten noch andere kleine Mädchen sein, und sie wollte sie holen, um mit ihnen zu spielen. Fritz Dieterling aber hatte überlegen gelächelt und gesagt: »Das ist ja man bloß das Echo, und wenn du spielen willst, dann mußt du mit mir spielen. Komm mit, ich weiß was. Was Schönes.«

Dann waren sie zusammen in den Wald gegangen, so weit fort, bis sie nichts mehr von der Gesellschaft hören konnten und es ganz einsam und still war, so daß sie nur das Rascheln der Füße im Laube hörten und den seltsamen Schrei eines Vogels über den Wipfeln. Sie hatte gefragt: »Was schreit da so?« Da hatte Fritz geantwortet: »Das ist der Kückewieh!« Als ihr nun bange wurde in der Einsamkeit und weil ihr der Name des Vogels, der so seltsam schrie, graulich vorkam, da hatte Fritz gesagt: »Der Kückewieh tut dir nichts, der frißt man bloß Kücken und Gössel, und nun kommt's auch gleich, das Schöne!«

Dann hatte sie alle Angst verloren, denn sie waren an einem Orte angelangt, wo eine Menge von mächtig großen Nußbüschen ihre Zweige ausbreiteten und teilweise ihren Reichtum an braunen Früchten schon auf das Laub des Bodens gestreut hatten. Nur zuerst hatte sie sich wieder ein wenig erschrocken über den häßlichen, schnarrenden Ruf eines anderen Vogels, der mit lautem Schelten und hörbarem Flügelschlag durch die Zweige entfloh, aber Fritz hatte wieder sehr beruhigend gesagt: Das ist man bloß der Holtschraag, der mag auch gern Nüsse, und sieh mal, da läuft auch ein Katzeicher den Baum in die Höh', der ist auch hier bei gewesen.«

Dem braven Fritz waren meistens nur die plattdeutschen Namen der Tiere bekannt, doch zuweilen, wo es sich seiner Ansicht nach gut machen ließ, wie hier beim Katteker, versuchte er eine Übersetzung ins Hochdeutsche. Nun hatten sie Nüsse gesammelt ganze Taschen voll, bis sie dessen müde waren. Wenn unten nicht mehr genug lagen, war Fritz wie ein »Katzeicher« hineingeklettert in die stattlichen Büsche und hatte geschüttelt, und sie hatte gejauchzt, wenn die glatten, braunen Früchte, die schon lose in ihren Hülsen saßen, auf das welke Laub hernieder-prasselten. Zum Schluß hatte er dann zwei stattliche, schlanke Ruten geschnitten; an der ihren war ein grüner Busch als Zierde geblieben, an der seinen, die einen Wurfspieß darstellen sollte, war dieser beseitigt, und so zogen sie weiter, indes Fritz mit seiner neuen Waffe unterwegs allerlei ungewöhnlich bösartige, wilde Tiere seiner Einbildung erlegte und so fortwährend den Weg von schrecklichen Gefahren reinigte.

In diesem Gehölze, das nicht gerade nach strengen Gesetzen der Forstwirtschaft behandelt wurde, darum aber desto lieblicher und voller Abwechslung war, befand sich auch eine Anzahl von stattlichen, wilden Obstbäumen, und als sie nun an einen solchen gelangten, der eine Fülle gelblicher Holzbirnen in das Gras zu seinen Füßen gestreut hatte, da erschien Hella dieser Ort mit seinen mannigfachen Gaben fast wie ein Märchenwald, und obwohl diese Früchte herbe waren, daß sie den Mund zusammenzogen, so verlieh ihnen doch ein seltsamer Reiz der Neuheit etwas ganz Besonderes. Danach gelangten sie in eine kleine Lichtung, wo auf einem durch Holzhauer von Graswuchs befreiten Flecke eine Anzahl von über mannshohen Königskerzen aufgeschossen war. Aus den Gebüschen am Waldesrande leuchteten die Hagebutten, einige Herbstschmetterlinge gaukelten lautlos umher, und überall hatten die Kreuzspinnen mächtige Netze gewebt, in deren Mitte sie auf die glänzenden Fliegen lauerten, die die Luft durch-summten. Hier war es so einsam und weltverloren, daß Hella wieder die Bangigkeit überkam. »Nun haben wir uns gewiß verirrt!« sagte sie.

»Verirrt?« sagte Fritz sehr wegwerfend, »in dies Holz kann ich mich gar nicht verirren, das weiß ich auswendig. Dies ist doch man bloß der Seebusch. Denk' mal, wenn's der Urwald wär' mit allerhand Tigern und Riesenschlangen drin! Na, die sind hier ja nicht, aber Addern gibt's hier, und beim See 'rum auch Snaken. Snaken, die tun nichts, aber die Addern stechen, die sind giftig. Vorig Jahr hat der Jäger eine totgeschlagen, ich hab' sie gesehen, sie haben so'n Zickzack aufm Rücken.«

Hu, wie gruselig war das wieder! Hella drängte sich dichter an Fritz und bat ihn umzukehren.

»Meinswegen«, sagte dieser, »aber vor den Addern brauchst du keine Bange zu haben. Unser Rademacher sagt, eine frisch geschnittene Haselrute ist das beste Mittel gegen die Addern, na, und die haben wir ja.« Damit faßte er seinen Wurfspieß am dicken Ende und ließ ihn wie eine Reitpeitsche durch die Luft pfeifen.

Sie wendeten sich um und gingen in der Lichtung zurück. Auf den dichten Gebüschen des Waldrandes von wilden Rosen, Schlehdorn und jungem Buchengestrüpp lag der Sonnenbrand und brütete würzigen Dürft aus, und als sie dort entlang streiften, ward in dem halbtrockenen Grase zu ihren Füßen ein leichtes Rascheln bemerklich, das sich träge auf das Gebüsch zu entfernte. Fritz hatte schnell seine Rute erfaßt, und indem er Hella mit der andern Hand zurückschob, sprang er schnell zu und schlug plötzlich auf einen Ort im Grase los. Der tückische Kopf einer Kreuzotter schoß an jener Stelle zitternd empor, und wütend schnappte das giftige Gewürm in die Luft, bis ihm ein zweiter, besser gezielter Schlag den Garaus machte. Fritz sah ganz blaß aus vor Aufregung, obwohl er sich nichts merken lassen wollte. »Das war 'ne Adder!« sagte er, »die hat genug!«

Dies war ein wunderbares, schreckliches und furchtbares Abenteuer für Hella, sie sah mit Bewunderung auf Fritz und mit Grauen auf das erlegte Giftgewürm, das noch, mit ein wenig ver-glimmendem Leben erfüllt, zuweilen ohnmächtig die Schwanz-spitze regte. Als ein kleiner Held war er ihr damals erschienen, so eine Art Drachentöter, von denen man in Märchenbüchern liest.

Fritz hatte wie jeder ordentliche Junge vom Lande ein tüchtiges Ende Bindfaden bei sich, nebst unzähligen anderen brauchbaren und unbrauchbaren Gegenständen, die seinen Hosentaschen für gewöhnlich das Ansehen zweier knolliger Geschwülste gaben. Er machte eine Schlinge, fing den Kopf der Kreuzotter darin ein und schleifte den glatten Wurm hinter sich her, indem er von Zeit zu Zeit einen befriedigten Blick nach ihm zurücksendete und der etwas verängstigten Hella mit erhabenen Worten Trost einsprach. Diese trippelte neben ihm her in einem Gemisch von Bewunderung und Grauen und geteilt zwischen den unvereinbaren Bestrebungen, dem greulichen Tiere möglichst fern und dabei doch ihrem schützenden Begleiter möglichst nahe zu bleiben. Darum war sie ungemein froh, als sie endlich die Gesellschaft wieder erreicht hatten, woselbst man dem braven Drachentöter einerseits hohes Lob spendete und anderseits an der gruseligen Frage: wie es hätte kommen können, wenn ...? ein herrliches und ausdauerndes Gesprächsthema fand. Diese Kreuzotter mußte aber die letzte ihres Stammes gewesen sein, denn seit jener Zeit hatte man in der ganzen Gegend nicht mehr von so verdrießlichem Gewürm gehört.

Unter solchen Gedanken war Hella langsam an dem Rande des Waldes entlang geritten und kam nun an eine Stelle, die stets eine ganz besondere Lockung auf sie ausgeübt hatte. Seit das Zerwürfnis zwischen den beiden Familien ausgebrochen war, bestand ein Verbot ihres Vaters, den Wald des feindlichen Gutes jemals zu betreten, und das war ihr an diesem anziehenden Fleck immer besonders grausam und hart erschienen. Die ragenden Stämme, die den größten Teil des Forstes bildeten, traten dort zurück und umgaben in weitem Bogen eine von niederem Buschholz, blumigen

Grasflächen und einzelnen größeren Bäumen erfüllte Lichtung. Unter diesen tat sich eine mächtige alte Eiche hervor, die sich in der Mitte dieses Platzes gleichsam als der König des übrigen Pflanzenwuchses darstellte. In der Umgegend hieß diese Gegend »der Vogelsang«, und zwar mit Recht, denn solche Orte lieben unsere Singvögel, und in jedem Frühling war hier ein fast betäubendes Flöten und Musizieren. Auch schien es Hella immer, daß nirgendswo so herrliche Waldblumen zu finden seien als hier, und im Sommer, wenn ein betäubender Duft von Jelängerjelieber dort wehte, hatte sie als Kind oft sehnsüchtig hinübergeblickt nach den üppigen Himbeergebüschen und den mit blaubereiften Früchten bedeckten Rankenhügeln der Brombeeren.

Auch heute, wo der Gesang der Vögel bereits verstummt war und statt der leuchtenden Blumen nur eine verschiedenartige Färbung des Laubes und das glänzende Rot der Vogelbeeren oder das schimmernde Schwarzblau der Schlehen vorhanden war, übte dieser Ort den alten Zauber auf sie aus. In dem stillen Sonnen-schein, der in der geschützten Bucht warm brütete, flogen behaglich die bunten Herbstschmetterlinge, ein Zug zwitschernder Meisen ging von Baum zu Baum, an die feinsten Zweige sich anhäkelnd, in der Ferne hob ein Reh lauschend den Kopf und schritt zögernd und scheinbar widerwillig dem Hochwalde zu; alle schienen gern zu verweilen an diesem freundlichen Ort.

Hella war heute unternehmungslustiger als sonst, sie warf den Kopf auf, als wollte sie sagen: »Ei, warum denn nicht?« Einen Augenblick später war sie vom Pferde, band den Pony am Waldrande an einen Ast und schickte sich an, den Wunsch ihrer Kindheit zu erfüllen, in das verbotene Paradies einzudringen. Als sie zwischen dem Buschwerk durch das hohe Gras dahinging und dazu unternehmungslustig die kleine Reitpeitsche schwenkte, schrak sie doch plötzlich zusammen über den häßlichen, schnarrenden Ruf eines Hähers, der wahrscheinlich in den Nußbüschen eine Nachlese gehalten hatte und nun entfloh. Aber gleich lächelte sie wieder: »Das ist man bloß der Holtschraag«, dachte sie mit denselben Worten, die damals Fritz gebraucht hatte. Ob er wohl noch jetzt immer »man bloß« sagte? Und wie er überhaupt wohl jetzt aussah? Als Kind hatte er ein hübsches, gesundes Aussehen gehabt, aber so viele Sommersprossen, daß sein Gesicht anzusehen war wie das gesprenkelte Ei eines Wasserhuhns.

Hella schritt weiter durch das windstille, sonnige Schweigen, nur das Laub raschelte zu ihren Füßen und die Gräser, die ihr Kleid streifte. Sie kam an die alte Eiche, die noch stolz und grün emporragte und eine Unzahl von ihren Früchten in das Gras gestreut hatte. Ein Eichhörnchen rannte in komischen Sprüngen davon und sprang in hastigen Sätzen an der rauhen Borke des mächtigen Stammes in die Höhe. »Katzeicher«, dachte Hella unwillkürlich und lächelte. Hinter der Eiche senkte sich der Grund zu einem kleinen Erlenbruch, und diesen kleinen Abhang hinab hatte sich ein ungeheurer Strauch von wilden Rosen gelagert. Aber die zarte Pracht seiner unzähligen, blaßroten Blüten war längst entschwunden und hatte einer Unmenge von nützlichen Hagebutten Platz gemacht, die gleich Korallen leuchteten. So gelangte Hella endlich an das Ende der Lichtung, wo die glatten Stämme schimmernder Buchen emporstanden. Es verlockte sie, zu dem kleinen See vorzudringen, um zu sehen, ob die Mooshütte wohl noch stände, und den Platz wieder zu betrachten, an dem so freundliche Kindheitserinnerungen hafteten. In diesen gewaltigen Buchenhallen war es noch stiller als in der Lichtung. Die ein-fallenden Sonnenlichter hoben die aus dem welken Laube aufgetauchten Fliegenpilze in leuchtendem Scharlach hervor, und hie und da standen ganze Gesellschaften anderer Pilze, braun oder golden oder auch weiß, glänzend wie Porzellan. In der Höhe löste sich zuweilen ein reifes, welkes Blatt; man wußte nicht warum, bei der allgemeinen Stille der Luft. Vielleicht, weil ein Sonnenstrahl es traf, oder eine Mücke vorübersummte. Dann flatterte es langsam herab, leuchtete noch einmal auf in einem Sonnenstreif, verblaßte wieder im Dämmer und legte sich lautlos zu den übrigen. Die Füße Hellas rauschten dahin über diese weiche Decke, die von vielen Herbsten dort aufgespeichert war, zuweilen schrie ein Specht, zuweilen tönte das feine »Sit, sit« eines Baumläufers, zuweilen schlüpfte eine rotbraune Waldmaus mit leisem Rascheln in das schützende Loch, dazwischen war immer wieder das träumerische Schweigen eines schönen, windstillen Herbsttages. Düstere Fichten lösten dann das auf schimmernden Säulen emporragende Hallendach des Buchenwaldes ab. Dahinter tönte plötzlich ein anhaltendes Rufen von wilden Enten; dort mußte sich der See befinden. Der grasbewachsene Weg, auf dem Hella jetzt leise dahinschritt, machte eine Biegung, und nun lag in Glanz und Schimmer plötzlich das freundliche Gewässer vor ihr. Sie trat näher zum Ufer, da standen mit lautem Klatschen hinter einer kleinen Rohrbreite eine Anzahl von Enten auf, um zu einer entfernten Stelle des Sees zu flüchten; sie hörte genau das taktmäßige Pfeifen ihrer schweren, aber schnellen

Flügelschläge. Zwei scheue Reiher schwankten in der Ferne auf mächtigen, grauen Schwingen um eine bewaldete Landzunge, und ein Kragentaucher war plötzlich von der Wasserfläche verschwunden, um nach einer langen Weile an einer weit entlegenen Stelle wie durch Zauber wieder da zu sein. Die Wellenringe des aufgestörten Wassers schwangen sich in die Weite, allmählich ver-schwimmend, und bald wieder war der See so glatt wie Glas und schien einzig darauf bedacht, seine buchtigen, in allen Farben des Herbstes schimmernden Waldufer so genau wie möglich abzuspiegeln.

Die Mooshütte war noch da, aber vernachlässigt und verfallen, doch von den Rasenbänken sah man nur verschwommene Überreste, überwuchert von hohem Gras und jungem Buschwerk. Es schien, als sei dieser Platz seit Hellas Kinderzeit niemals wieder benutzt worden und in Vergessenheit geraten. Das junge Mädchen ging an den hohen Ufervorsprung, zögerte ein wenig und sah sich um, rief dann aber mutig ihren Namen über den See hinaus: »Hella!« – Sie erschrak doch ein wenig, als ihre Stimme die Einsamkeit durchbrach und von den Waldbuchten her einige Male klar und deutlich der Ruf zurückkam. Dann lächelte sie aber gleich wieder: »Es ist man bloß das Echo.« – Sie dachte jetzt an die Rückkehr und schlug eine andere Richtung ein, um auf einem neuen Wege den »Vogelsang« wieder zu gewinnen. Als sie deshalb zu einem Wiesenstreifen am Ufer des Sees hinabstieg und dort entlang ging, ward sie durch ein plötzliches Rascheln erschreckt, und zugleich erblickte sie eine große Ringelnatter, die sich an ihr vorbei eilig durch das Gras wand und dem mit Weiden vermischten Uferschilfe zustrebte. Nun ward es ihr höchst unbehaglich in dieser Gegend, denn obwohl hier jetzt keine giftigen Schlangen mehr vorkommen sollten, wie sie das den alten Forstmeister und Freund ihres Vaters vielfach hatte versichern hören, so waren ihr doch diese unheimlichen Tiere auch ohne Giftzahn immer sehr verdächtig und unangenehm. Sie erinnerte sich zwar auch an Fritzens Ausspruch von den Snaken, die am Seeufer vorkämen und unschädlich seien, allein besser erschien es ihr doch, diese Gesellschaft zu meiden. Da nun gerade eine Art von Fußsteig auf die Höhe des Uferabhanges zu führen schien, so eilte sie dort hinauf und streifte hastig durch Hasel- und Dorngesträuch dahin. Aber mit dem Wege war es nur Schein gewesen, bald mußte sie sich mühsam durch die Büsche winden, dornige Zweige griffen nach ihrem Kleide und hielten sie auf, und dann, als sie endlich von einem alten Baumstumpf aus mit einem kleinen Sprunge das Freie gewinnen wollte, gab das morsche Holz nach, sie glitt aus, erreichte zwar noch eben das gewünschte Ziel, blieb jedoch mit der Schleppe ihres Reitkleides oben an den Dornen hängen, so daß sie dicht an den Busch gedrängt vollständig gefesselt dastand. Ohne sich den Anzug vollständig zu zerreißen, wußte sie sich nun kaum zu helfen, denn die Wendung, die sie machen mußte, um ihre Fesseln zu lösen, spannte das Kleid nur immer noch fester an.

Hella stand eine Weile und überlegte, während ihr Herz klopfte, daß sie es zu hören meinte. Dazu kam der unangenehme und aufregende Gedanke an die Schlangen, von denen sie annahm, daß sie in solchen alten, vermorschten Baumstümpfen, wie der in ihrer unmittelbaren Nähe, mit ganz besonderer Vorliebe nisteten.

Sie stand eine Weile und überlegte. Es gab ein Mittel, loszukommen, und zwar eines, das wenig Schwierigkeit machte. Wenn sie herausschlüpfte aus ihrem Reitkleide wie eine Nuß aus der Hülse, dann gewann sie Freiheit der Bewegung und konnte die zurückgelassene Kleidung mit Leichtigkeit aus den Dornen lösen. Wenn aber in diesem Augenblicke jemand darüber zukäme, ein Jäger oder ein Holzsammler oder gar ein Mitglied der feindlichen Familie! Sie schauderte bei diesem Gedanken. Aber was sollte sie machen? Entweder sich mit kräftigem Ruck losreißen und ihr halbes Kleid in den Dornen lassen, oder jenen einfachen Weg ergreifen; anderes gab es nicht. Sie durchspähte den Wald nach allen Richtungen, wandte sich dann und ließ ihre Blicke am Seeufer entlanggleiten: alles war einsam und durchwebt vom stillen Sonnenschein. Sie preßte die Lippen in raschem Entschluß aufeinander, ihr Herz begann schneller zu pochen, und mit scheuer Hand fing sie an, die Knöpfe des Reitkleides zu lösen. Aber nicht weit war sie damit gelangt, als mit klatschendem Flügelschlag die Enten an einer anderen Stelle des Sees aufstanden, und sie, über dies Geräusch erschreckt, zusammenfuhr und innehielt. Sie blickte sich ängstlich um. Da am Ufer des Sees in der Ferne über dem Buschwerk war ein Kopf aufgetaucht, ein männlicher Kopf mit einem verblichenen Jägerhut bedeckt, und gleich darauf trat dort eine jugendliche Gestalt hervor, die, mit einem verschossenen Jägeranzug bekleidet, langsam das Ufer entlang schlenderte.

Hella ward in schneller Reihenfolge dunkelrot und leichenblaß, hastete mit verwirrten Fingern, die Knöpfe wieder zu schließen, und spähte dann, von leichtem Laubwerk und dem Schatten des Waldes verborgen, auf den nahen Wanderer hin. Es war ein Jäger, das sagte ihr die Kleidung, und wahrscheinlich oder sicher ein Angestellter des feindlichen Gutes, der den Forst besichtigte. Waffen und Tasche trug er nicht, nur einen einfachen Stock, mit dem er zuweilen einige kunstvolle Lufthiebe ausführte oder eine verspätete Distel köpfte. Der Jäger mußte auf seinem Wege nahe an dem Fuße des Abhanges vorüberkommen, und nun galt es zu entscheiden, was zu tun war. Sollte sie sich verborgen halten, bis er vorüber war, oder ihn anrufen, daß er ihr zu Hilfe käme? Um darüber klar zu werden, mußte sie erst sein Gesicht genauer sehen, ob es Vertrauen erweckte. Zwar wurde dann ihr komisches Abenteuer der feindlichen Familie bekannt, und es gab für diese etwas zu lachen, allein was machte das, wenn man es nicht hörte? Der junge Mann kam näher, und Hella mußte sich sagen, daß er sehr vertrauenerweckend aussähe. Er hatte ein angenehmes und gutes Gesicht und blickte frei und treuherzig aus seinen dunklen Augen; dieser Jäger glich nicht dem bösen Kaspar aus dem Freischütz, sondern dem guten Max. Nur daß er nicht ganz so wabbelig erschien wie dieser. Sie hatte das Gefühl, hier dürfe sie etwas wagen, und als der junge Mann ganz nahe war, wappnete sie sich mit dem ganzen Stolze ihres Mädchentums und mit der Würde und Hoheit, die der Tochter eines Gutsbesitzers zukommen, und rief:

»Sie, Jäger! Kommen Sie hier mal schnell herauf und helfen Sie mir.«

Es ist mit Sicherheit festgestellt, daß der junge Mann ziemlich verblüfft ausgesehen hat, als er aus dem schweigenden Walde heraus und mitten in der vermeintlichen Einsamkeit also angeredet wurde, allein er verlor keine Zeit, sondern folgte auf der Stelle diesem Rufe. Man muß ihm ferner das Zeugnis geben, daß er nicht lachte, als er sah, welch ein lieblicher Vogel sich dort gefangen hatte, sondern eine würdevolle Teilnahme bewies, wie es sich ziemt, wenn ein Mitmensch also in Not geraten ist. Mit kritischem Scharfblick übersah er sofort die Lage, zog ein schönes festes und scharfes Taschenmesser hervor, klappte es auf und sagte: »Es ist man bloß . . . es ist nur dieser eine Dornbusch hier – das wollen wir gleich haben.«

Damit setzte er das Messer an und schnitt mit einem kräftigen Zuge den Stamm des Weißdornes durch, so daß Hella auf der Stelle befreit war. Mit den ersten Worten, die der Jäger sprach, war mit der Geschwindigkeit eines Blitzzuges eine Reihe von Gedanken durch Hellas Köpfchen gefahren, und als sie nun ein wenig rosig angeblümt mit gesenkten Augenlidern dastand und die Schleppe ihres Kleides von den eingedrungenen spitzen Haken des Dornbusches befreite, da ward es ihr zur Gewißheit, was sie dachte. Er hatte »man bloß« gesagt. Er hatte bei seinen Dienst-leistungen den linken Arm, der mit dem Daumen in den zuge-knöpften Rock eingehakt war, gar nicht benutzt, sondern das Messer sehr geschickt ausschließlich mit der Rechten geöffnet. Und wie gut und hübsch und heldenhaft er aussah, trotz der Sommersprossen, die sich über seinen Nasenrücken zogen! Sie hatte nun den Dornbusch aus den Falten des Kleides gelöst und warf ihn achtlos beiseite, denn sie wußte ja noch nicht, daß ihr Geschick an diesem grünen Zweige hing. Dann hob sie das Haupt und sah freimütig den Jäger an: »Sie sind Herr Fritz Dieterling!« sagte sie.

»Und Sie Fräulein Helene Maifeld«, war seine Antwort.

»Ich danke Ihnen«, fuhr sie fort und hielt ihm die Hand hin. Der junge Mann drückte diese sanft und sagte: »O, es hat mir viel Vergnügen gemacht.« – Hella lächelte unwillkürlich und flüchtig. »Wie lange haben wir uns nicht gesehen!« sagte sie dann. – »An diesem See war es zuletzt«, erwiderte Fritz, »ich dachte eben daran, als ich dort unten entlang ging.« – »Wie seltsam«, sagte Hella, »das liegt wohl in der Luft, mir ging es vorher geradeso.« Dann seufzte sie ganz leicht, denn es ging ihr durch den Sinn, wie sich die Zeiten so böse verändert hatten. »Damals waren schöne Tage!« sagte sie. – »Die gibt es heute auch noch«, sprach Fritz rasch, und Hella schlug die Augen nieder vor seinem Blick. Dann wandte sie wie suchend und ungewiß den Kopf nach der Richtung, in der sie gekommen war. »Rustan wartet«, sagte sie dann, und wandte sich zum Gehen. – »Wie, Rustan lebt auch noch?« fragte Fritz rasch, »der muß doch schon uralt sein.«

»Es ist sein Nachfolger«, sagte Hella, »er ist am Vogelsang angebunden und wartet auf mich.«

Damit machte sie eine vornehme kleine Verbeugung und wollte davon, aber Fritz war alsbald an ihrer Seite. »Sie könnten sich verirren«, sagte er, »oder noch einmal . . .« hier schwenkte er seinen Stock über die Dornbüsche hin . . . »wenn es auch nur der Seebusch ist, es ist biesteriges Holz.« – Sie schritten eine Weile schweigend nebeneinander hin durch den herbstlichen Wald, ein frühlingsfrisches, junges und blühendes Paar. Sie schienen füreinander bestimmt zu sein, und doch hatte menschliche Torheit eine starre Mauer von Haß und Vorurteil zwischen ihnen errichtet. Aber holde

Wünsche und zartes Sehnen sind leichte Schmetterlinge, die solche Mauer gar leicht überfliegen.

Dann sprachen sie allerlei von der Zeit ihrer Kindheit, harmlose Dinge von Pflaumen- und Apfelbäumen, Lieblingstieren und allerlei gemeinsamen kleineren Erlebnissen. Es war, als flüchteten sie sich aus der so häßlich veränderten Gegenwart in jene freundlichen Tage. Dabei gelangten sie an eine Lichtung, die eine kleine Fichtenschonung enthielt im Alter von etwa zehn Jahren. »Hier war es mit der Kreuzotter«, sagte Fritz plötzlich.

Hella nahm fast ängstlich ihre Kleider zusammen, so daß Fritz lächelnd bemerkte: »So'n Viehzeug gibt's hier ja gar nicht mehr, ich glaube, das war damals die letzte ihres Stammes.« Aber Hella ging doch ein wenig schneller, und während ihre Blicke über die dunkelgrünen Fichten schweiften, sagte sie: »Alles hat sich verändert seit jener Zeit, das eine ist verfallen, das andere verwachsen.«
»Aber wir sind doch die alten geblieben«, sprach Fritz schnell. Ein ganz zartes Rot stieg in ihre Wangen, sie sah gerade vor sich hin, nickte fast unmerklich, und indem sie ebenmäßig weiterschritt, sagte sie leise: »Ich glaube wohl.«

Fritz hielt ihr in plötzlicher Aufwallung die Hand hin, sie ergriff dieselbe ohne Zögern, und nun sahen sich beide eine Weile treuherzig in die Augen. »Alles soll wieder gut werden!« rief er dann. »Ja, ja!« war ihre Antwort. Sie wußten beide, was sie meinten, obwohl keiner es aussprach.

Dann erreichten sie den Vogelsang, viel zu früh, wie beide heimlich dachten. Sie standen eine Weile unter der alten Eiche und sahen schweigend in den glänzenden Herbsttag hinaus, auf die schimmernden Sommerfäden in der Luft, auf die beackerten Felder, wo hie und da eine Glasscherbe diamantartig blitzte, und auf das ferne Braunsberg, das auf bewaldetem Hügel gelegen, mit roten Dächern aus dem Baumwipfeln hervorschien. Nun wieherte Rustan, der seine Herrin erblickte und schon eine Weile vor Ungeduld emsig den Waldboden gescharrt und gestampft hatte; zugleich schwamm der dünne Klang der Mittagsglocke durch die hellhörige Luft; es war zwölf Uhr. – »In einer halben Stunde muß ich zu Hause sein«, sagte Hella, und beide begaben sich zu dem ungeduldigen Pony. Fritz führte ihn in den Weg, dann setzte Hella den schlanken Fuß in seine Hand, er half ihr in den Sattel und gab ihr die Zügel. Sie zögerte noch eine Weile und blickte auf den Kopf des Pferdes, das mit dem einen Vorderhufe den Boden zierlich scharrte und mit dem Schweife die Schenkel peitschte.

Dann reichte sie Fritz zum Abschiede die Hand. »Heißt es, auf Wiedersehen?« fragte dieser.

Sie antwortete nicht, sie sah ihn nicht an, sondern beugte sich vornüber, daß ihr Kopf fast die Mähne des Pferdes berührte, und in demselben Augenblicke schoß der muntere Pony mit ihr davon. Fritz blickte ihr nach, wie sie auf dem Wege am Rande des Waldes in eiligem Trabe dahinritt, und wie sie dann in den breiten Landweg einbog, der gerade auf Braunsberg zuführte. Dieser war von alten Haselhecken eingefaßt, und durch eine Lücke ward noch zuweilen die schlanke Reiterin sichtbar, oder wo die Büsche niedriger waren, schwebte ihr Köpfchen mit wehendem Schleier darüberhin. Dann schob sich ein Hügelhang vor den Weg, und nun war nichts weiter sichtbar als die sonnige Einsamkeit des klaren Herbstmittages. Die Sommerfäden zogen fast unmerklich dahin, auf dem Acker blitzten und funkelten die Scherben, weiterhin über dem satten Grün des Wiesengrundes revierte ein Bussard, zuweilen mit rüttelndem Flügelschlage an einer Stelle verweilend, aus dem Schornsteine des Herrenhauses von Braunsberg stieg kerzengerade eine schmale Rauchsäule in die ruhige Luft und von den fernen dämmernden Höhen der Eibberge schimmerte in zartem Umriß die Kirche von Borna herüber.

Fritz kehrte langsam auf demselben Wege, den beide vorhin gegangen waren, durch den Wald zurück. Als er an der Stelle angekommen war, wo er Hella aus ihren Fesseln befreit hatte, nahm er den abgeschnittenen Dornbusch auf und betrachtete ihn liebevoll und sorgfältig. Als er einige Zeit später durch den Garten von Wildingshagen auf sein Vaterhaus zuschritt, trug er ihn noch in der Hand.

Daß am nächsten Vormittage Fräulein Hella Maifeld auf ihrem gewohnten Spazierritte wieder an dem Vogelsang vorüberkam, wo Herr Fritz Dieterling bereits seit einer Stunde nachdenklich zuweilen in die Ferne spähend umherwandelte, ist einer jener merkwürdigen Zufälle, durch die die Geschicke der Einzelwesen sowohl als der Völker so oft in bestimmte Bahnen gelenkt werden. Wer nun aber wissen will, was an diesem und den folgenden Tagen jenes schönen Herbstes unter der alten, mächtigen Eiche auf dem Vogelsang geschehen ist, der muß hingehen und einen alten Waldkauz befragen, der schon seit vielen Jahren in einem schönen, geräumigen Astloch dieses Baumes seinen Wohnsitz hat. Denn dieser weise Vogel hat alles mit angesehen und angehört von dem Augenblicke an, wo er sich verwundert über den Klang menschlicher Stimmen in seiner Nähe ein wenig vorbeugte und mit seinen runden

Eulenaugen auf das junge, schöne Menschen-paar niederblickte, bis zu jener Stunde, da an einem grauen Nebeltage zwei Wochen später dasselbe Paar unter Küssen und Tränen voneinander Abschied nahm. Von den bei dergleichen üblichen und so beliebten Schwüren ewiger Treue hat der kluge Vogel aber nichts vernommen, denn solches hielten die beiden jungen Leute für selbstverständlich und keiner Beteuerung bedürftig. Fritz Dieterling ging wieder auf die landwirtschaftliche Hochschule, die er bereits vor dem Kriege besucht hatte, und erst zu Weihnachten war ein Wiedersehen zu erwarten. Jedenfalls würden sie auch dann eine Gelegenheit finden, sich zu sehen, und zur Sicherheit ward der Morgen des ersten Weihnachtstages für eine Zusammenkunft auf dem Vogelsang festgesetzt.

2

Im Schnee

Nach einem schönen Herbste kam ein frühzeitiger Winter, der schon im November die Seen mit Eis und die Felder mit Schnee bedeckte, und bis gegen Weihnachten nahm die Kälte immer noch zu. Zuweilen war dazwischen ein milderer, trüber Tag, der aber nur neuen Schnee brachte; und hatten die Flocken dann genug gestäubt und gewimmelt, so stieg eines Morgens die Sonne aus rotem Nebeldunst; es folgten wieder klare, kalte und blendende Tage, wo die unendliche Schneewüste ringsum nur belebt war durch vereinzelte hungrige Krähen oder hie und da durch einen Schlitten, der einsam durch die Landschaft klingelte.

Am 24. Dezember wurde Fritz in Wildingshagen erwartet, und Herr Dieterling fuhr selber mit einem Schlitten nach der vor einem halben Jahre erst eröffneten Bahnstation, um seinen Sohn abzuholen. Diese Stadt war dieselbe, die, nicht weit von Brauns-berg gelegen, diesem Orte zum Absatze seiner Produkte und zur Versorgung mit Waren diente. Kurz hinter dem Walde von Wildingshagen, dem Seebusch, vereinigten sich die Wege, die zu beiden Gütern führten, die gemeinsame Straße lief dann auf einer Brücke über die Wacknitz und weiter durch einen ausgedehnten Hohlweg zu dem großen Bauerndorfe Büchtingshagen, wo der Anschluß an die Chaussee erreicht ward.

Den ganzen Tag und die ganze Nacht vorher hatte es bei stiller Luft geschneit, und überall lag lose und wollig der frische Schnee, bog in dicken Ballen die Äste der Fichten, saß nesterweise in dem feinverzweigten Buschwerk, zeichnete schimmernd die dunklen Linien der Äste nach und hielt jedes welke Blatt mit einem kleinen weißen Polster bedeckt.

Der Schlitten des Herrn Dieterling klingelte munter in unberührtem Schnee durch den Seebusch. Zwischen den Stämmen des eingeschneiten Waldes lag ein zartvioletter Dämmer, und seltsam hob sich das schwere Dunkelgrau des gleichmäßig bewölkten Himmels gegen den weißen Silberschimmer der Erde ab. Es fißelte ein wenig, wie man dortzulande sagt, aber es war kaum festzu-stellen, ob dieser feine, leichte Schneestaub aus den Wolken kam oder durch einen leisen Luftzug von den Bäumen geweht wurde.

Krischan, der brave Kutscher, räusperte sich ein wenig auf seinem Vordersitz, deutete dann mit der Peitsche auf den tiefgrauen Himmelsausschnitt am Ende der langen Schneise, in der sie fuhren, und sagte mit einer halben Wendung rückwärts zu seinem Herrn: »Dor sitt noch väl Snei inne Luft, Herr.«

»Lat'n sitten«, antwortete dieser behaglich aus dem hochaufgeschlagenen Kragen seines Pelzes heraus. Krischan grinste ein wenig, halb respektvoll, halb ungläubig. »Ja, dei«, sagte er dann, »dei ward nich lang mihr täuben. Un Wind kümmt ok. Oll Großvadder Römpagel hett hüt morn seggt, hei sitt em all in dei Knaken. Un wenn dei Oll dat seggt, denn hett dat noch ümmer stimmt, bäter as'n Premeter. Ja, ja.«

»Lat'n susen«, antwortete hierauf Herr Dieterling, der gesonnen schien, sich auf nichts einzulassen, sondern alles der historischen Entwickelung zu überlassen. Krischan aber fuhr unbeirrt fort: »Dat künn uns äwer doch äklich begriesmulen in den ollen Hollweg an dei Wacknitz. Dor sall'n jo nu all knapp dörchkamen känen. Verläden Woch hebben's all mal den Regelinschen Baron dor rutschüffelt.«

»Na, wi warden jo seihn«, sagte Herr Dieterling. Krischan zuckte die Achseln und wandte seine Aufmerksamkeit wieder ausschließlich den Pferden zu.
Hinter dem Seebusch, wo der Weg von Braunsberg einmündete, waren ganz frische Spuren sichtbar, vor kurzem mußte ein von diesem Dorfe kommender Schlitten dort vor ihnen her gefahren sein. Krischan räusperte sich wieder, deutete mit der Peitsche auf die neuen Geleise im Schnee und dann mit dem Stiel über die Schulter weg nach Braunsberg und sagte: »Dei Brunsbarger stiegen in'n Erbgroßherzog af, sall ich bi Stadt Hamburg vorführen?«

Herr Dieterling grunzte etwas, das wie eine Bei-stimmung klang, und unter Schweigen ging die Fahrt weiter. Nun man aus dem Walde heraus war, konnte man bemerken, daß der Schnee nicht von den Bäumen wehte, sondern aus der Luft kam und sich langsam vermehrte, so daß er die Ferne bereits mit einem feinen, wimmelnden Dämmer erfüllte. Zugleich nahm der Wind zu und begann die schon gefallenen losen Flocken über den Boden hinzutreiben.

Als die Reisenden hinter der Brücke über die Wacknitz in den Hohlweg gelangten, sahen sie, daß der ihnen vorangefahrene Schlitten schon seine Not gehabt hatte, durch den hier besonders hoch aufgetürmten Schnee zu gelangen, jedoch zum Vorteil für das folgende Gefährt, das in den zurückgelassenen Spuren fahrend die Schwierig-keiten leichter überwand. Endlich war das Dorf Büchtingshagen erreicht, und nun bot der übrige Teil des Weges auf dem ziemlich hoch gelegenen Damme der Chaussee keine besonderen Schwierigkeiten mehr. Es waren noch zwei Stunden bis zur Ankunft des Zuges, die Herr Dieterling in dem behaglich durchwärmten Gastzimmer der Stadt Hamburg durch ein kräftiges Frühstück ausfüllte, während sich draußen das Schneetreiben vermehrte und die Flocken an die vereisten Fenster prickelten.

Der Wirt, nach Weise dieser Leute so guten Kunden gegenüber ein zerfließendes Gemisch von Wohlwollen und Hochachtung, kam mit sanften Katerschritten herbei, rieb die Hände zart umeinander und knüpfte eine kleine Unterhaltung an über das Schneetreiben, die Kornpreise und die ungeheure Zukunft, der das gute Zernin durch die

Anlage dieser neuen Eisenbahn entgegengehe, und war bereit, Herrn Dieterling in jeder Hinsicht recht zu geben, wenn er auch noch soeben der ganz entgegengesetzten Ansicht gewesen zu sein schien. Es gehörte zu seinen Geschäftsprinzipien, immer ganz der Meinung des geehrten Herrn Vorredners zu sein.

Auf dem Bahnhofe traf Herr Dieterling zur rechten Zeit ein, allein der mit Weihnachtsreisenden stark besetzte Zug hatte wegen des ungewohnt großen Verkehrs und des Schneewetters eine halbe Stunde Verspätung, und als der Gutsbesitzer seinen Sohn aus dem Knäuel von küssenden und umarmenden Söhnen, Töchtern, Eltern, Tanten, Onkeln, Bräuten, Bräutigämmern, Freunden und Freundinnen glücklich herausgefischt und in den Schlitten befördert hatte, da war das Wetter draußen fast stürmisch geworden, und der Schnee jagte durch die Straßen, als seien die Hunde hinter ihm. Krischan begnügte sich, in einem triumphierenden Hinblick auf Großvater Römpagels prophetische Knochen, mit der Peitsche auf dieses Schauspiel hinzuweisen, und fort klingelte der Schlitten durch die engen Straßen der kleinen Stadt, über deren Giebeln der Schnee hintanzte, an deren Dachvorsprüngen er wie Rauch entlang fegte. Auf der Chaussee, wo der Wind ringsum über freie Feldfläche dahinjagte, konnte man kaum die Augen geöffnet halten, denn nicht allein, daß der Schnee vom Himmel unablässig herniederwimmelte, nein, auch der früher schon gefallene war in Bewegung, sauste in mächtigen Wolken über die Ebene dahin, füllte jeden Graben, jede Vertiefung und häufte an jedem Hindernis mächtige Wehen empor. Glücklicherweise war aber wegen ihrer erhabenen Lage auf einem Damme die Bahn auf der Chaussee selbst glatt und eben. So gelangte man nach

Büchtingshagen, in dessen tiefer gelegenen Dorfstraße das Fortkommen schon schwieriger ward, denn an jedem Hause, jedem Zaun, ja überhaupt jedem geeigneten Ort hatten sich mächtige Schneewehen aufgetürmt, die zu überwinden den Pferden manche Anstrengung kostete. Trotzdem war es an schnell verwehenden Spuren bemerklich, daß kurz vorher ein anderer Schlitten denselben Weg gemacht haben mußte. Als das Gefährt an dem stattlichen Dorfkruge von Büchtingshagen vorüber war und die letzten Häuser des Dorfes passierend in den Weg gegen die Wacknitzbrücke zu einlenkte, wendete Krischan sein verschneites Haupt halb zur Seite gegen seinen Herrn und sprach bedächtig: »Sall mi doch mal wunnern, Herr, un bün doch nieglich, wo wi hüt Heiligabend fiern warden.«

»Ach, wat«, antwortete dieser, »man tau, Krischan, dörch den Hollweg möt't wie un nahst hett dat nix mihr to seggen. Du sühst doch dei Sledentraden vor uns. Wo dei anner dörch kümmt, dor warst du doch woll nich hacken blieben.«

Krischan grinste fast unmerklich: »Jeja«, sagte er, »dei ward dor woll all insitten as'n Proppen inné Buddel.« Damit wandte er sich wieder und trieb seine mutigen Pferde hinein in das weiße Schneegewimmel. Zuerst ging es wohl, da sich der Weg in gleicher Fläche mit seinen Ufern dahinzog, als sich diese aber zu beiden Seiten zu erhöhen begannen, da wuchs auch zugleich die Menge des Schnees, der sich hinter dem Ufer an der Gegenwindseite aufgehäuft hatte, die Pferde waren genötigt, ihre Gangart zu mäßigen, und stampften schnaubend und zuweilen sich mächtig schüttelnd im Schritt daher.

Fritz Dieterling war, nachdem er die notwendigsten Fragen und Antworten mit seinem Vater ausgetauscht hatte, den ganzen Weg über in Gedanken und Grübeleien versunken gewesen. Insbesondere lag es ihm am Herzen, wie bei solchem wahn-sinnigen Wetter die für morgen, den ersten Weihnachtstag, verabredete Zusammenkunft am Vogelsang zustande kommen solle. Selbst wenn sich dieses Schnee-treiben bald legen würde, sah er die Möglichkeit nicht ein, da alle Wege so gut wie ungangbar waren, noch dazu für ein zartes, junges Mädchen. Und der zweite Gedanke war einer, der ihn in diesem ganzen Vierteljahre kaum einen Tag verlassen hatte, nämlich der, wie unsinnig doch die Feindschaft dieser beiden Väter sei, deren Familien sonst durch jahrelange Freundschaft verbunden gewesen waren. O, wie viele herrliche Versöhnungsreden hatte er in Gedanken schon gehalten, und auch jetzt, mitten in dem großen Schneegestöber wirbelten solche Worte in seinem Kopfe wie Schneeflocken umher und ließen ihn alles andere kaum beachten.

Da mit einemmal stand der Schlitten. Die Pferde, bis an die Brust im Schnee, dampften und vermochten ihn nicht mehr von der Stelle zu bewegen. Krischan sah sich um: »Je, Herr, nu 's 't ut.«

Der Hohlweg machte hier eine kleine Biegung, und an diesem Orte hatte sich der Schnee ganz besonders angehäuft. »Wenn wi utstiegen«, sagte Herr Dieterling, »denn mag't jo noch gahn.« Vater und Sohn kletterten aus ihren Fußsäcken in den tiefen Schnee und auf das Ufer an der Windseite, wo der Boden ziemlich rein gefegt war. Als sie dort oben standen, bemerkten sie gleich hinter der

Biegung des Hohlweges dicht vor sich einen zweiten Schlitten in derselben Lage, nur noch tiefer in den Schnee verfahren. Auch dessen beide Insassen waren im Begriff auszusteigen und das Seitenufer zu gewinnen, das an jener Stelle ziemlich steil war. Da eine in Pelze und Mäntel gehüllte Dame dabei war, so eilte Fritz schnell hinzu, um ihr behilflich zu sein, und als er niederkniend die Hände hinabreichte, durchzuckte ihn ein vergnügter Schreck, denn in diesem Augenblicke wehte der Wind den Schleier beiseite, und Hellas Antlitz schaute ihm, von verstohlener Freude lieblich gerötet, entgegen. Er half ihr das Ufer ersteigen und leistete dann auch dem dicken Maifeld den nötigen Beistand. Von hier oben übersah man gleich, daß es ein aussichtsloses Unternehmen war, in diesen Hohlweg noch weiter einzudringen, denn an seinem vorderen Ende, wo er am tiefsten und dem Unwetter am heftigsten ausgesetzt war, befand er sich fast gestrichen voll Schnee.

Herr Maifeld übersah dies mit Feldherrnblick und traf seine Anordnungen. »Johann«, brüllte er mit einer Stimme, die gewohnt war, über Felder und Wiesen hinweg Befehle zu erteilen, »mit dei beiden Brunen kümmst du noch dörch, wenn du sei äwer dat Äuwer lerrst. Denn seit di up dat Sadelpierd un mak, dat du na Hus kümmst, un denn bring so väl Lühr mit Schüffeln mit, äs jichtens tau kriegen sünd. Wi gähn so lang nach Büchtingshagen in'n Kraug!«

Herr Dieterling, der die Befreiung seines Schlittens aus dieser mißlichen Lage natürlich nicht seinem Feinde verdanken wollte, gab seinem Krischan unverweilt denselben Auftrag, und so haspelten sich die beiden Kutscher mit den abgespannten Pferden nach rückwärts, leiteten sie auf dem ziemlich schneefreien Ufer der

Windseite einen Fußweg entlang, brachten sie auf diesem Umwege glücklich den Abhang an der Wacknitz hinab und zuckelten dann, alsbald im Schneegestöber verschwindend, davon, um ihre Aufträge zu erfüllen.

Unterdes hatte auch Maifeld natürlich seinen Gegner erkannt, Fritz hatte sich nach geleisteter Hilfe wieder respektvoll zu seinem Vater zurückgezogen, und während nun die beiden Paare kämpfend mit Wind und Schneetreiben in gemessener Entfernung voneinander dem Dorfe Büchtingshagen zustrebten, bewegten die mannigfachsten Gedanken ihre Gemüter. Hella war erfüllt von Bangigkeit, wie diese Sache ablaufen würde, und zugleich von Glück über das unvermutete Wiedersehen mit ihrem Geliebten. Freilich, ob es so ganz unvermutet war, das konnte man wohl ein wenig in Frage stellen. Denn da sie ganz genau wußte, an welchem Tage und mit welchem Zuge Fritz in Zernin ankommen mußte, so traf es sich höchst merkwürdig, daß sie gerade um diese Zeit ganz notwendige und unaufschiebliche Besorgungen in der Stadt zu machen hatte, wieder einer jener Zufälle, die oft von ungeahnten Folgen sind.

Fritz dagegen war von stürmischen Gedanken erfüllt, die einander drängten und jagten. Dieser glückliche Zufall, der die beiden feindlichen Männer zum erstenmal nach zehn Jahren an einen Ort führte, wo sie sich nicht entrinnen konnten, dieser vielleicht niemals wiederkehrende Augenblick durfte nicht ungenutzt vorübergehen. Aber wie? das war die Frage.

Die beiden Väter aber ärgerten sich, verdammten diesen häßlichen Zufall und schnauften, da sie beide wohlbeleibt waren und in schweren Pelzen steckten, mit Anstrengung durch den hohen Schnee dahin. Es war Nachmittag, die Dämmerung machte sich bereits bemerklich, und ehe die Hilfe von den Dörfern kam und Bahn in den Schnee geschaufelt war, konnten einige Stunden vergehen. Und so lange mußten sie in der sogenannten Herren-stube des wohleingerichteten Dorfkruges von Büchtingshagen miteinander aushalten. Eine Partie Whist mit dem Strohmann bildeten sie allerdings gerade, aber daran war ja gar nicht zu denken. Verdammte Geschichte!

Dieterling und sein Sohn langten zuerst an und nahmen von dem alten Roßhaarsofa an dem einen Ende des Zimmers Besitz, Maifeld und Tochter ließen sich am andern Ende auf dem neuen glanzledernen nieder. Zwischen beiden Parteien herrschte Schweigen und Dämmerung. Die freundliche Wirtin kam herein, bedauerte redselig das Schicksal der im Schnee Stecken-gebliebenen und nahm deren Bestellungen entgegen, während eine Magd den alten, schwarzen Kachelofen bis an den Rand voll Holz stopfte, so daß bald ein mächtiges Gebuller anhub und der Feuerschein auf dem Fußboden des dämmerigen Zimmers tanzte. Draußen prickelte noch immer der Schnee an die Scheiben, doch hier drinnen wäre es ganz behaglich gewesen, hätte nicht das Gespenst eines alten Haders zwischen beiden Parteien gestanden.

Fritz Dieterling, der still und brütend in seiner Ecke gesessen hatte, schien endlich seinen Plan fertig zu haben, er stand leise auf und ging hinaus. Drinnen wurde es allmählich dunkler, denn Licht hatten sich die beiden Herren einstweilen noch verbeten. Sie fühlten sich wohler, wenn sie einander nicht sahen. Beide rauchten in schweigendem Brüten »äs wenn 'n lütt Mann backt«, und jeder sah die Zigarre des andern wie einen Glühwurm aus dem Dunkel leuchten. Die beiden Männer saßen in ihren Ecken wie zwei Gewitterwolken; und wenn sie in der Wucht der Gedanken, die sie bedrängten, stärker an ihren Zigarren zogen, so wetterleuchtete es auch, während ihr zeitweiliges Räuspern wie entfernter Donner klang. So saßen sie eine lange Weile, bis es ganz finster war. Da machte sich draußen auf der Diele ein Geräusch bemerklich, und ein heller Lichtstreif wanderte durch die Türritze auf dem Fußboden hin. Plötzlich öffnete sich die Tür, und ein Strom von Helle ergoß sich in das Zimmer, denn die Wirtin trat herein, in jeder Hand eine Lampe. Hinterher folgten zwei stämmige Dienstmädchen und trugen einen für vier Personen gedeckten Tisch mit lauter guten Sachen besetzt. Dann kam Fritz mit einer mächtigen Bowle Weinpunsch, die ringsum herrlichen Duft verbreitete. Diese setzte er mitten auf den Tisch, die Wirtin stellte die Lampen daneben und ging mit ihren beiden Gehilfinnen eilends wieder hinaus. Eine dumpfe Stille war ringsum verbreitet, die beiden Väter sahen starr und drohend aus, und Hella war blaß geworden wie draußen der frischgefallene Schnee. Auch Fritz schien ein wenig bedrückt von der Schwere dieses bedenklichen Augenblicks, denn er atmete tief und preßte die Lippen aufeinander. Dann aber faßte er sich, stützte leicht die Fingerknöchel auf den Tisch und sprach mit klarer, vernehmlicher Stimme:

»Verehrte Anwesende, ich bitte nur um wenige Augenblicke Gehör für eine ganz kleine Geschichte, die ich erzählen will. Es waren einmal zwei Männer, die beide ihr Vaterland innig liebten und bemüht waren, zu seinem

Gedeihen so viel beizutragen, als nur in ihren Kräften stand. Über die Wege zu diesem Zwecke aber waren sie nicht einig, und da jeder glaubte, der seine sei der einzig richtige, so gerieten sie darüber in ein Zerwürfnis, und sie, deren Familien in ererbter Freundschaft durch viele Jahre miteinander verbunden waren, die Trauer und Freude, Leid und Lust bis dahin miteinander geteilt hatten, betrachteten sich mit Haß und Verachtung und lebten fortan in Feindschaft. Jahre vergingen, da kam plötzlich wie aus blauer Luft ein gewaltiger Krieg in das Land mit einem alten und mächtigen Feinde. Das Land, in Parteien vielfach zersplittert, vergaß seine politischen Kämpfe, Nord und Süd, die sich soeben noch feindlich gegenübergestanden hatten, reichten sich brüderlich die Hände, aller Hader war vergessen, alle Feindschaft vorbei, der einen großen, gemeinsamen Gefahr gegenüber. Vereinigt gingen sie Schulter an Schulter gegen den Feind und warfen in unglaublich kurzer Zeit seine gewaltige Macht zu Boden. Ungeheurer Jubel herrschte in dem geeinigten Lande, Träume der Sehnsucht gingen in Erfüllung, die alte Kaiserkrone strahlte in neuem Glanze, und die goldene Zeit war da, eher, als irgend jemand geglaubt oder geahnt hatte. Die beiden Männer jedoch, deren ich vorhin erwähnte, trugen ihren alten Groll hinüber in das neue Reich, das glorreich, mächtig und einig dasteht, eine Bürgschaft des Friedens. Das war nicht gut, und darum kommt einer der jungen, der selber mitgeholfen hat in diesem Kampfe, er kommt mit der herzlichen Bitte an die beiden Männer, sie möchten ihren alten verjährten Groll hinüberwerfen auf die andere Seite, wo Haß und Hader, Zank und Streit begraben liegen, hoffentlich für ewige Zeit. Der liebe Gott zeigte ihnen so sichtlich den Weg, er sendete einen gewaltigen

Schneesturm und führte dadurch die beiden Männer zusammen an einen Ort, er tat dies am Heiligen Abend vor Weihnachten, zu einer Zeit also, die im ganzen deutschen Lande und weit hinaus, überall, wo nur Deutsche wohnen, den freundlichen Empfindungen der Liebe, der Freundschaft und des Wohlwollens geweiht ist. –

Keine bessere Stunde könnten sie finden, den alten Hader zu begraben und sich versöhnlich die Hände zu reichen, als diese, in der einst die Engel sangen: ›Ehre sei Gott in der Höhe, und Friede auf Erden und den Menschen ein Wohlgefallen!‹«

Eine tiefe Stille herrschte, als Fritz seine Rede beendigt hatte; da setzten draußen wie auf Verabredung die Kirchenglocken ein, das Weihnachtsfest einzuläuten – langsam anschwellend tönten die feierlichen Klänge durch die stille Winternacht. Fritz nahm zwei gefüllte Gläser, das eine reichte er Hella mit den leise geflüsterten Worten: »Bring's meinem Vater!«, das andere gab er Herrn Maifeld, der sich vor Rührung gewaltig räusperte und dem wahrhaftig eine dicke Träne über die gebräunte Wange lief. Herr Dieterling erhob sich schwerfällig vor der jungen Dame, die ihn so lieblich flehend ansah; auch in seinem Gesichte zuckte und arbeitete es wunderlich, und als sie seine Hand ergriff und ihn führte, da folgte er wie willenlos. Maifeld, von Fritz geleitet, kam ihm entgegen, sie stießen an mit den Gläsern und drückten sich die Hände, stumm, aber gewaltig. Endlich gewann Herr Maifeld Macht über sich und fand seine Sprache wieder:

»Ein famoster Kerl, dein Sohn!« sagte er, »solchen möcht' ich woll haben!«

»Na, und so'n schönes, liebes Töchting!« erwiderte Herr Dieterling, »das ließ ich mir auch woll gefallen.«

O wie hell horchte Fritz auf, als er diese Worte hörte! Mit einemmal war er an Hellas Seite, zog sie, die den Kopf an seine Brust schmiegte, an sich und rief: »Dieser Wunsch, liebe Väter, kann auf der Stelle in Erfüllung gehen – wir haben nichts dagegen!«

Die beiden Männer waren ganz starr vor Verwunderung und sahen erst sich, dann das schöne Pärchen an.

»Ne, so'n Racker!« sagte Herr Maifeld endlich.

»So'n Jesuwiter!« fügte Herr Dieterling hinzu, wobei jeder den eigenen Sprößling meinte. Aber was sollten sie machen, überrumpelt waren sie nun einmal, und da die alte Feindschaft plötzlich zu Ende war, so lag auch nicht der geringste Grund dagegen vor. Sie schenkten also die Kinder einander zum Weihnachten, setzten sich behaglich an die reichbesetzte Tafel, und es herrschte Friede und Wohlgefallen.

Nach einiger Zeit kamen der biedere Krischan und der brave Johann, und nachdem sie ihrer Verwunderung Herr geworden, als sie die beiden Parteien so friedlich und einig beieinander fanden, da meldeten sie, daß in einer Stunde etwa die Schlitten vorfahren würden, da dann die Arbeit der Säuberung des Hohlweges beendet sein würde. »Einundtwintig Kierls hebben wi dor bi krägen«, sagte Krischan, »dat schafft! Un dat sniet nich mihr un is ganz stiernklor un barborschen kolt!«

Als die Wirtin zufällig eintrat, da rief Herr Dieterling vergnügt: »Gaud, dat Sei rinkamen, Fru Nägendank, nu gahn S' mal bi un nehmen S' wat Ehr gröttst' Pott is, und den'n maken S' mal vull Krock von Rum, äwer nich tau stark von Water, un'n poor Gläs' bi, un dat geben S' Krischan'n mal mit. Un Krischan, du seggst dei Lühr, sei süllen Herrn Maifelden sin Gesundheit drinken!«

»Un Fru Nägendank«, rief dann Herr Maifeld, »denn nehmen S' mal glik Ehren annern gröttsten Pott und maken S' em vull Krock von Arak, äwer ok nich tau stark von Water, un 'n poor Glas' bi, un dat geben S' minen Johann mit. Un du, Johann, seggst dei Lühr, sei süllen Herrn Dieterling leben laten!«

Die beiden Kutscher grinsten und versprachen diese Aufträge zur Zufriedenheit zu erfüllen.

Nach einer Stunde etwa klingelten die mit frischen Pferden bespannten Schlitten vor der Haustür, die Versöhnten und die Verlobten hüllten sich in Mäntel und Pelze, stiegen in ihre Fußsäcke und fuhren hinaus in die kalte, sternklare Winternacht. Als sie an das Ende des Hohlweges kamen, da standen die Wildingshäger Leute auf der einen, die Braunsberger auf der anderen Seite des Ufers, und die Frau Wirtin mußte wohl zu den Kutschern einiges geschwatzt haben, denn die Männer präsentierten ihre Schaufeln und brüllten, so laut sie konnten:

»Dei jung' Herr sall leben, un dat Frölen ok dorneben, vier Faut hoch!«

»Vier Faut«, sagten sie, denn also übersetzten sie Vivat in ihr geliebtes Plattdeutsch. Aber die, denen dieses Hoch galt, lebten ja viel höher in dem seligen Reiche der Hoffnung und Erwartung holden Glückes. Und ob sie nun auch bald getrennt dahinfuhren durch die blaue, funkelnde Winternacht und den silberglänzenden Schnee, sie trugen in ihren Herzen den jungen Frühlingsmorgen mit rosigem Gewölk und dem Gesange jauchzender Lerchen.

Heinrich Seidel

Das Weihnachtsland

Aus: Wintermärchen, Glogau 1885

Werner und Anna

Im letzten Hause des Dorfes, gerade dort, wo schon der große Wald anfängt, wohnte eine arme Witwe mit ihren zwei Kindern Werner und Anna. Das wenige, das in ihrem Garten und auf dem kleinen Ackerstück wuchs, die Milch, die ihre einzige Ziege gab, und das geringe Geld, das sie durch ihre Arbeit erwarb, reichte gerade hin, um die kleine Familie zu ernähren, und auch die Kinder durften nicht feiern, sondern mußten solche Arbeit leisten, wie sie in ihren Kräften stand. Sie taten das auch willig und gern und betrachteten diese Tätigkeit als ein Vergnügen, zumal da sie dabei den herrlichen Wald nach allen Richtungen durchstreifen konnten. Im Frühling sammelten sie die goldenen Schlüsselblumen und die blauen Anemonen zum Verkauf in der Stadt und später die Maiglöckchen, die mit süßem Duft aus den mit welkem Laub bedeckten Hügelabhängen des Buchenwaldes emporwuchsen. Dann war auch der Waldmeister da mit seinen niedlichen Bäumchen, die gepflückt werden mußten, ehe sich die zierlichen, weißen Blümchen hervortaten, damit seine Kraft und Würze fein in ihm verbleibe. Sie wanden zierliche Kränze daraus, denen noch, wenn sie schon vertrocknet waren, ein süßer Waldesduft entströmte oder banden ihn in kleine Büschel, die die vornehmen Stadtleute in den Wein taten, auf daß ihm die taufrische Würze des jungen Frühlings zuteil werde.

Später schimmerten dann die Erdbeeren rot unter dem niedrigen Kraut hervor, und während nun die Kinder der reicheren Eltern in den Wald liefen und fröhlich an der reichbesetzten Sommertafel schmausten oder höchstens zur Kurzweil ein Beerensträußlein pflückten, um's der Mutter mitzubringen, saßen Werner und Anna und sammelten fleißig »die guten ins Töpfchen, die schlechten ins Kröpfchen«. Aber sie waren fröhlich dabei und guter Dinge, pflückten um die Wette und sangen dazu.

Noch späterhin wurden auf dem bemoosten Grunde des Tannenwaldes die Heidelbeeren reif und standen unter den großen Bäumen als kleine Zwergenwälder beieinander, indem sie mit ihren dunklen Früchten wie niedliche Pflaumenbäumchen anzusehen waren. Auch diese sammelten sie mit blauen Fingern und fröhlichem Gemüt in ihre Töpfe, und dann ging's ins Moor, wo die Preißelbeeren standen, die so zierliche Blüten wie kleine, rosig angehauchte Porzellanglöckchen und Früchte rot wie Korallen haben und eingemacht über die Maßen gut zu Apfelmus schmecken.

Von der alten Liese, die alle Tage mit einem baufälligen Rößlein und einem Wagen voll Gemüse und dergleichen in die Stadt fuhr und für die Kinder verkaufte, was sie gesammelt hatten, lernten sie noch manches kennen, was die Stadtleute lieben und gern für ein paar Pfennige erwerben. So suchten sie in der Zwischenzeit allerlei zierliche Moose und Flechten, wie sie in trockenen Kiefern-wäldern mannigfaltig den Boden bedecken und sich mit sonder-lichen und zierlichen Gestaltungen bescheiden hervortun. Da fanden sie solche rot und ästig wie kleine Korallen und andere, die einem Haufen kleiner Tannenbäumchen glichen. Aus wieder anderen wuchsen die Blütenorgane gleich kleinen Trompetchen oder spitzen Kaufmannstüten hervor, während noch wieder andere kleine Keulen emporstreckten, die mit einem Knopf wie von rotem Siegellack geschmückt waren. Solches Moos lieben die Stadtleute auf einem Teller freundlich anzuordnen, damit sich ihr Auge, wenn es müde ist, über die große Wüste von Mauern und Steinsäulen zu schweifen, auf einem Stück fröhlichen Waldbodens ausruhen könne.

Unter solchen fleißigen und freudigen Tätigkeiten kam dann der Herbst heran und die Zeit, da die Stürme das trockene Holz von den Bäumen werfen und es günstig ist, die Winterfeuerung einzusammeln, die Zeit, wo sie sich schon zuweilen auf die schönen Winterabende freuten, wenn das Feuer in dem warmen Ofen bullert und sein Widerschein auf dem Fußboden und an den Wänden lustig tanzt, wenn die Bratäpfel im Rohr schmoren und zuweilen nach einem leisen »Paff« lustig aufzischen, und die Mutter bei dem behaglichen Schnurren des Spinnrades ein Märchen erzählt. Unter solchen Gedanken schleppten sie fröhlich Tag für Tag ihr Bündelchen Holz heim und türmten so allmählich neben der Hütte ein stattliches Gebirge auf. Zuweilen hing auch ein Beutel mit Nüssen an dem Bündel; diese holten sie gelegentlich aus dem großen Nußbusch, wo in manchem Jahre so viele wuchsen, daß, wenn man mit einem Stock an den Strauch schlug, die überreifen Früchte wie ein brauner Regen herabprasselten. Wenn sie davon genug mitgebracht hatten, wurden die Nüsse in einen größeren Beutel getan und in den Rauchfang gehängt, um für Weihnachten aufgehoben zu werden. Weihnachten, das war ein ganz besonderes Wort, und die Augen der Kinder leuchteten heller auf bei seinem Klange. Und doch brachte ihnen dieser festliche Tag so wenig. Ein kleines, winziges Bäumchen mit ein paar Lichtern und Äpfeln und selbstgesuchten Nüssen und zwei Pfefferkuchenmännern, darunter für jedes ein Stück warmes Winterzeug und, wenn's hoch kam, ein einfaches, billiges Spielzeug oder eine neue Schiefertafel, das war alles. Doch von den wenigen, kleinen Lichtern und von dem goldenen Stern an der Spitze des Bäumchens ging ein Leuchten aus, das seinen traulichen Schein durch das ganze Jahr verbreitete und dessen Abglanz in den Augen der Kinder jedesmal aufleuchtete, wenn das Wort Weihnachten nur genannt wurde.

Als es nun Winter geworden war und sie eines Abends behaglich um den Ofen saßen und die Mutter gerade eine schöne Weih-nachtsgeschichte erzählt hatte, sah der kleine Werner eine ganze Weile ganz nachdenklich aus und fragte dann plötzlich: »Mutter, wo wohnt denn der Weihnachtsmann?«

Die Mutter antwortete, indem sie den feinen Faden durch die Finger gleiten ließ und das Spinnrad munter dazu schnurrte: »Der Weihnachtsmann? Hinter dem Walde in den Bergen. Aber niemand weiß den Weg zu ihm; wer ihn sucht, rennt vergebens in der Runde, und die kleinen Vögel in den Bäumen hüpfen von Zweig zu Zweig und lachen ihn aus. In den Bergen hat der Weihnachtsmann seine Gärten, seine Hallen und seine Bergwerke, dort arbeiten seine fleißigen Gesellen Tag und Nacht an lauter schönen Weihnachtsdingen, in den Gärten wachsen die silbernen und goldenen Äpfel und Nüsse und die herrlichsten Marzipanfrüchte, und in den Hallen sind die schönsten Spielsachen der Welt zu Tausenden aufgestapelt.«

Diese Geschichte kam Werner nicht wieder aus dem Sinn, und er dachte es sich herrlich, wenn es ihm gelingen könnte, den Weg nach diesem Wunderlande zu entdecken. Einmal war er bis in die Berge gelangt und war dort lange umhergestreift, allem er hatte nichts gefunden als Täler und Hügel und Bäume wie überall. Die Bäche, die dort liefen, schwatzten und plauderten wie alle Bäche, allein sie verrieten ihr Geheimnis nicht, die Spechte hackten und klopften dort wie anderswo im Walde auch und flogen davon und an den Eichhörnchen, die eilig die Bäume hinaufkletterten, war auch nichts Besonderes zu sehen.

Wenn ihm nur jemand hätte sagen können, wie der Weg in das wunderbare Weihnachtsland zu finden sei, er hätte das Abenteuer wohl bestehen wollen. Aber die Leute, die er danach fragte, lachten ihn aus, und als er deshalb der Mutter seine Not klagte, da lachte sie auch und sagte, das solle er sich nur aus dem Sinne schlagen; was sie ihm damals erzählt habe, sei ein Märchen gewesen wie andere auch.

Aber der kleine Werner konnte die Geschichte doch nicht aus seinen Gedanken bringen, obgleich er nun niemand mehr danach fragte. Nur mit der kleinen Anna sprach er zuweilen beim Holzsammeln davon, und beide malten sich schöne Traumbilder aus von den Herrlichkeiten des wunderbaren Weihnachtslandes.

Der kleine Vogel

An einem Morgen kurz vor Weihnachten nahm Werner das Küchenbeil über die Schulter und ging allein in den Wald, denn der Förster, der den Knaben gern sah, hatte ihm auch in diesem Jahre wieder erlaubt, sich selbst ein Tannenbäumchen für den Weihnachtsabend abzuhauen. Ausgesucht hatten die Kinder sich dieses schon lange und waren nach vielem Beraten und Erwägen einig geworden, daß im ganzen Walde kein schöneres zu finden sei. Es stand ziemlich weit draußen ganz allein unter dem Schutz einer einzelnen alten Buche und war so nett und zierlich gewachsen, daß es eine wahre Freude war.

Es war ein schöner milder Wintertag, die Sonne schien vom unbewölkten Himmel, und der Waldboden war mit ein wenig Schnee wie mit Streuzucker gepudert, so recht ein Tag für die kleinen Waldvögel, die im Winter bei uns bleiben. Man hörte in der stillen Luft überall das muntere Zwitschern und Locken der Meisen und Goldhähnchen, die sich in kleinen Scharen in den Wipfeln umhertrieben und die feinen Zweiglein und Äste der Bäume gar emsig absuchten. Als Werner bei der alten Buche und dem Tannenbäumchen angelangt war, setzte er sich eine Weile auf einen Baumstumpf, um sich auszuruhen. Rings war es so still wie in einer einsamen Kirche, nur ein Bächlein ging mit leisem Plätschern und dunklem Gewässer durch seine beschneiten Ufer hin, und aus der Ferne kam zuweilen der scharfe Schrei eines Hähers. Er verfiel wieder in seine alten Träumereien über das wunderbare Weihnachtsland, und die Sehnsucht nach diesen Herrlichkeiten bemächtigte sich seiner so, daß er vor sich hinrief: »Ach, wer mir doch den Weg sagen könnte ins Weihnachtsland!«

Da ging ein lauteres Getön durch die Wellen des Baches, wie ein rieselndes Gelächter, eine Waldmaus guckte aus ihrer Höhle am Stamm und kicherte mit feiner Stimme, und im Wipfel der alten Buche wiegte und wogte es, als schüttele sie den Kopf über solcherlei Torheit. In dem kleinen Tannenbaum, der vor ihm stand, zwitscherte es aber plötzlich fein und vernehmlich; es war eine Blaumeise, die von Zweig zu Zweig hüpfte, bald oben saß, bald unten hing und dazu fortwährend ihren Ruf erklingen ließ: »Ich weiß! Ich weiß!«

»Was weißt du?« fragte Werner.

Der kleine Vogel warf sich rücklings von einem Zweig, schoß auf possierliche Art in der Luft Kobolz und saß dann wieder und rief? »Ich weiß den Weg! Ich weiß den Weg!«
»So zeig ihn mir!« sagte Werner rasch.

Nun fing der kleine Vogel wieder ein feines Gezwitscher an, aber der Knabe verstand alles: »Bist gut gewesen!« sagte er.

»Hast mir die Kinderchen beschützt, meine zehn kleinen Kinderchen! Ich weiß den Weg, ich zeig' ihn dir! Fix! Fix!«

Damit flog das Tierchen auf den nächsten Strauch und weiter, und Werner folgte ihm. Er hatte die Rede des Vogels anfangs nur halb begriffen, doch zuletzt fiel es ihm ein, daß es eine Blaumeise gewesen war, durch deren ängstliches Geschrei er in dem ver-gangenen Frühjahr zu der alten Buche gelockt wurde. Dort sah er, wie ein Häher vor dem Baumloche saß, in dem ihr Nest war, im Begriff, die kleinen, nackten Meisenjungen herauszuholen, um sie zu verzehren, indes die Mutter mit ihren schwachen Kräften unter jämmerlichem Schreien ihre Brut zu verteidigen suchte. Schnell hob er einen Stein auf und warf so glücklich, daß der Häher zu Tode getroffen zu Boden fiel.

Nun wollte sich die kleine Blaumeise in ihrer Art dankbar beweisen. Sie flog immer von Busch zu Busch vor ihm her, dem Laufe des Baches entgegen, der aus den Bergen kam. Bald hob sich der Boden und der Bach plätscherte lauter zu Werners Füßen dahin; dann gelangte er in ein ansteigendes Tal, das sich immer mehr verengte, indes die Seitenwände steiler wurden, und zuletzt, als der Bach plötzlich um einen Felsvorsprung bog, sah Werner vor sich eine glatte Steinwand, die hoch aufragte und oben mit mächtigen Tannen gekrönt war. Der kleine Vogel war plötzlich verschwunden, doch tönte seine Stimme von oben, in der Ferne verhallend: »Gleich! Gleich!«

Werner setzte sich auf einen Felsblock und betrachtete die Steinwand. Sie war glatt und ohne Fugen und mit Moos und bunten Flechten bewachsen; sonst war nichts an ihr zu sehen. So saß er und wartete. Der Bach schoß unablässig plätschernd zur Seite, aus einem Felsenspalt und aus den Tannenwipfeln kam das eintönige Singen der Zweige, sonst war kein Laut ringsum vernehmbar. Endlich hörte er ein leises Flattern über sich, und eine Haselnuß fiel vor seine Füße. »Nimm! Nimm!« rief der kleine Vogel. »Beiß auf! Beiß auf!«

Werner nahm die Nuß und betrachtete sie. Es war nichts Besonderes an ihr zu sehen, aber wenn man sie schüttelte, so klapperte es, als sei etwas Hartes eingeschlossen. Er knackte sie auf und fand einen zierlichen goldenen Schlüssel darin. Unterdes war der kleine Vogel an die Steinwand geflogen, hatte sich dort mit seinen feinen Füßchen angehäkelt und pickte so emsig zwischen den Flechten herum, daß die Stückchen davonflogen. Endlich rief er: »Hier! Hier!«

Werner trat hinzu und bemerkte nun ein kleines, mit Silber eingefaßtes Schlüsselloch. Der goldene Schlüssel paßte ganz genau hinein, und als Werner ihn umdrehte, da ging ein merkwürdig feines Klingen durch die Steinwand, und es tat sich ganz von selbst eine schwere Tür auf, die so genau in ihren Rahmen paßte, als sei sie eingeschliffen. Zugleich strömte eine warme, bläuliche Luft aus der Öffnung hervor, und es verbreitete sich ein Duft nach ausgeblasenen Wachskerzen und angesengten Tannennadeln.

»O, wie riecht das nach Weihnachten!« sagte der kleine Werner.
Der Vogel aber rief: »Hinein! Hinein! Fix! Fix!«

Kaum hatte Werner, dem doch etwas ängstlich zumute war, ein paar Schritte in den dunklen Gang hinein gemacht, so fühlte er hinter sich einen Luftzug, und plötzlich war es ganz finster, denn die Tür hatte sich lautlos wieder geschlossen. Nun sank ihm doch ein wenig der Mut, da jede Rückkehr abgeschlossen war, aber da er zugleich einsah, daß Zittern und Zagen hier nichts helfe, so tappte er entschlossen in dem finsteren Gange weiter.

Das Weihnachtsland

Bald wurde es heller vor ihm, und dann trat er hinaus in eine wunderliche Gegend, wie er solche noch niemals gesehen hatte. Es war dort warm, doch war es nicht Sommerwärme, die ihm entgegenschlug, sondern eine Luft, wie sie in geheizten Stuben zu sein pflegt, angefüllt mit allerlei süßen Düften. Auch schien keine Sonne an dem Himmel, und doch war überall eine gleichmäßige Helle verbreitet. Von der Gegend selbst sah er nicht viel, denn hinter ihm stand die hohe Felsenwand, durch die er herein-gekommen war, und ringsum verdeckten die Aussicht viele hoch-gewachsene Sträucher, an denen die seltsamsten Früchte wuchsen. Als er verwundert und staunend zwischen diesen Gewächsen ein-herschritt, fand er bald eine breite Allee, die auf ein fernes Gebäude zuführte. Zu beiden Seiten war sie mit großen Apfel-bäumen eingefaßt, auf denen goldene und silberne Äpfel wuchsen. Alte, gnomenartige Männer mit eisgrauen Bärten und schöne junge Kinder waren eifrig beschäftigt, sie zu pflücken und in große Körbe zu sammeln, deren viele schon mit ihrer schimmernden Last ganz gefüllt dastanden. Keiner von diesen Leuten achtete aber auf den kleinen Werner, der unter steter Verwunderung auf das Gebäude im Hintergrunde, das sich jetzt als ein großes Schloß mit ragenden Türmen und vergoldeten Kuppeln und

Dächern darstellte, zuschritt. An den Seiten des Weges lagen viele Felder, die in Beete geteilt und mit niedrigen Gewächsen bestanden waren. Auch hier herrschte überall eine emsige Tätigkeit, einzusammeln und zu ernten, und auf den einzelnen Felder, die sich je nach der Art ihrer Gewächse in verschiedenen Farben hervorhoben, waren überall zierliche, bunte Gestalten zu sehen, die kleine, zweiräderige Karren mit goldfarbigen, zottigen Pferdchen bespannt, fleißig beluden.

Als sich Werner dem Schlosse näherte, fiel es ihm auf, daß sich ein Duft nach Honigkuchen immer stärker verbreitete, und als er näher zusah, bemerkte er, daß das ganze Schloß aus diesem süßen Stoff erbaut war. Der Unterbau bestand aus groben Blöcken und die Wandflächen aus glatten Tafeln, die durch eingedrückte Mandeln und Zitronat mit den herrlichsten Ornamenten verziert waren. Und die köstlichsten Reliefs aus Marzipan, die überall eingelassen waren, die Ballustraden und Galerien und Balkone aus Zuckerguß, die prächtigen Statuen aus Schokolade, die in ver-goldeten Nischen standen, und die schimmernden bunten Fenster, zusammengesetzt aus durchsichtigen Bonbontafeln, fürwahr, das war ein Schloß, so recht zum Anbeißen schön. An der kunstreichen Eingangstür war der Knopf eines Klingelzuges von durch-sichtigem Zucker angebracht; der kleine Werner faßte Mut und zog kräftig daran. Aber kein Glockenton erschallte, sondern es schrie inwendig so laut: »Kikeriki!«, daß der Knabe erschrocken zurücktrat. Dann wiederholte sich der Ruf wie ein Echo mehrmals immer ferner und leiser im Inneren des Gebäudes, und dann war es still. Jetzt taten sich leise die Türflügel auseinander, und in der Öffnung erschien eine sonderbare

Persönlichkeit, die Werner, wenn sie nicht gelebt und sich bewegt hätte, unbedingt für einen großen Hampelmann angesehen haben würde.

»Potz Knittergold!« sagte diese lustige Person, – »Besuch? Das ist ja ein merkwürdiger Vorfall!« Und damit schlug er aus Verwunderung oder Vergnügen ein paarmal sämtliche Glied-maßen über dem Kopf zusammen, so daß es beinahe schauderhaft anzusehen war. Sodann fragte er, indem Arme und Beine fort-während hin und her schlenkerten: »Was willst du denn, mein Junge?«

»Wohnt hier der Weihnachtsmann?« fragte der kleine Werner.
»Gewiß«, sagte der Hampelmann, »und Ihro Gnaden sind zu Hause, aber sehr beschäftigt, sehr beschäftigt!« – Damit forderte er den Kleinen auf, ihm zu folgen, indem er sich in seltsamer Weise unter unablässigem Schlenkern seitwärts fortbewegte, denn anders ließ es die eigentümliche Beschaffenheit seiner Gliedmaßen nicht zu. Er führte den Knaben durch einen Vorsaal, dessen Wände aus Marzipan bestanden und dessen Decke von Säulen aus polierter Schokolade getragen wurde, an eine Tür, vor der zwei riesige Nußknacker in großer Uniform und mit ungeheuren Bärenmützen Wache standen, ließ ihn hier warten und ging hinein.

Die Nußknacker betrachteten unterdes den kleinen Werner mit großen lackierten Augen, schielten sich dann unter einem unbeschreiblich hölzernen Grinsen gegenseitig an, und dabei gnuckerte es in ihnen, als ob sie mit dem Magen lachten. Nun kam der Hampelmann wieder heraus, machte von seitwärts eine sehr schöne Verbeugung und sagte: »Der gnädige Herr läßt bitten!« Da ruckten sich die Nußknacker zusammen und schlugen mit den Zähnen einen Wirbel, der ganz außerordentlich war.

Als der kleine Werner in das Zimmer des Weihnachtsmannes eintrat, erstaunte er sehr, denn dieser sah nicht im mindesten so aus wie er sich ihn vorgestellt und wie er ihn auf Bildern abgemalt gesehen hatte. Zwar besaß er einen schönen langen, weißen Bart, wie es sich gehört, allein auf dem Kopfe trug er ein blaues, mit Gold gesticktes Hauskäppchen, und sonst war er gekleidet in einen langen Schlafrock von gelber Seide und saß vor einem großen Buch und schrieb. Aber dieser Schlafrock war mit so wunderbarer Stickerei bedeckt, daß man ihn wie ein Bilderbuch betrachten konnte. Darauf waren zu sehen: Puppen und Hanswürste und sämtliche Tiere aus der Arche Noahs, Trommeln, Pfeifen, Violinen, Trompeten, Kränze und Kringel und Sonne, Mond und
Sterne.

Der Weihnachtsmann legte seine Feder weg und sagte: »Wie kommst du hierher, Junge?«

Werner antwortete: »Der kleine Vogel hat mir den Weg gezeigt.«

»Seit hundert Jahren ist kein Besuch hier gewesen«, sagte der Weihnachtsmann sodann, »und dieser kleine Bengel bringt es fertig? Na, dafür sollst du auch alles sehen. Ich habe zwar keine Zeit, aber meine Tochter soll dir alles zeigen. Goldflämmchen, komm mal her«, rief er dann, »wir haben Besuch!«

Da raschelte und flitterte es im Nebenzimmer, und ein schönes kleines Mädchen sprang in die Stube, das hatte ein Kleidchen von Rauschgold an und flimmerte und blinkte am ganzen Leibe. Es trug ein goldenes Flitterkrönchen auf dem Kopfe, und auf dessen oberster Spitze saß ein leuchtendes Flämmchen.

»Ei, das ist hübsch!« sagte das Mädchen, nahm den kleinen Werner bei der Hand, rief: »Komm mit, fremder Junge!« und lief mit ihm zur Tür hinaus.

Das Weihnachtslager

Sie gelangten in einen großen Gang, und dort war eine lange Reihe von hölzernen Rollpferden angebunden, Schimmel, Braune, Füchse und Rappen.
»Nun suche dir eins aus!« sagte Goldflämmchen.

Werner wählte einen schönen lackierten Grauschimmel, der auf dem Hinterteil gar herrlich mit apfelähnlichen Flecken geziert war, und Goldflämmchen bestieg einen spiegelblanken Rappen. »Hüh!« rief sie dann und – schnurr – rollten die Pferdchen mit ihnen davon, den Gang entlang, daß dem kleinen Werner die Haare flogen und das Flämmchen auf der Flitterkrone des Mädchens lang zurückwehte. Als sie an die Tür am Ende kamen, rief sie: »Holla!« Da tat sich diese von selbst auf, und sie sausten hindurch in einen großen Saal hinein, in dessen Mitte sie anhielten. Sie stiegen von ihren Rößlein und Goldflämmchen sagte: »Dieser Saal ist der Bleisaal.« An den Wänden zogen sich bis an die Decke hinauf offene Wandschränke mit Borten über Borten hin, und darauf standen, in Schachteln verpackt, unzählige Heere von Jagden, Schäfereien, Schlittenpartien, Menagerien und was es aus Blei nur alles gibt. Kleine schwarzbärtige Zwerge stiegen eilfertig auf den Leitern auf und ab und luden die Schachteln auf Karren, die sie hinausrollten, um draußen größere Wagen damit zu befrachten. Als sie Werner und Goldflämmchen erblickten, rollten sie schnell ein paar Lehnstühle von Goldbrokat herbei, und Goldflämmchen rief: »Es soll gleich eine große Parade sein!«

Sie setzten sich und hatten kaum eine halbe Minute gewartet, da ging's: »Trari, Trara!« unter dem einen Wandschrank, und Hirsche, Hase und Füchse brachen hervor, hinterher die kläffende Hundemeute und die Jäger zu Pferde mit Hussa, Hörnerklang und Peitschenknall. Dann flimmerte es auf einmal in der Luft und feiner Schnee fiel hernieder. Als der Boden weiß bedeckt war, kam mit lustigem Schellengeklingel eine Schlittenpartie zum Vorschein und sauste vorüber. Die Vorderteile der Schlitten waren gebildet wie Schwäne, Löwen, Tiger und Drachen, und darin saßen Herren und Damen in schönen Pelzen, und wenn sie vorüberkamen, warfen sie mit kleinen Schnee-bällen, die Damen nach Werner und die Herren nach Goldflämmchen. Wenn man einen solchen Schneeball aber näher besah, da war es eine Zucker-erbse, in Seidenpapier gewickelt.

Der Schnee verlor sich wieder, und mit lieblichem Glockengeläut zogen nun Hirten und Hirtinnen mit ihren Herden vorüber, dann niedliche Gärtnerinnen mit Früchten und Blumenkränzen, dann Zigeuner, Musikanten, Draht-binder, Seiltänzer, Kunstreiter und solcherlei fahrendes Volk, und zuletzt Herr Hagenbeck aus Hamburg mit einer afrikanischen Tierkarawane, mit Giraffen, Elefanten, Nilpferden, Nashörnern, Zebras und Antilopen.

Die Löwen und Panther fuhren in Käfigen auf kleinen Wagen hinterher und brüllten ungemein, da sie wahrscheinlich der Ansicht waren, sie brauchten sich dergleichen nicht gefallen zu lassen.

Nach Beendigung dieser lustigen Parade bestiegen die beiden Kinder wieder ihre Rößlein und fuhren weiter. Es war ungeheuer, was der kleine Werner alles zu sehen bekam. Den großen Puppensaal, aus dem er sich nicht viel machte und von dem er nur wünschte, daß Anna ihn sehen möchte, das Theatermagazin, in dem auf Goldflämmchens Geheiß gleichzeitig in tausend Theatern tausend verschiedene Stücke gespielt wurden, was einen erbärmlichen Spektakel abgab, den Baukastenspeicher, das Lager musikalischer Instrumente, das Magazin hölzerner Tiere, die Bilderbücherei, den Malkastenboden, den Wachslichtersaal und dergleichen mehr, so daß er ganz ermüdet war, als sie endlich in der großen Marzipanniederlage anlangten.

»Nun wollen wir essen«, sagte Goldflämmchen. Sofort schleppten sechs kleine Konditorburschen in weißen Jacken und Schürzen und breiten, weißen Mützen einen Tisch herbei, deckten ihn und besetzten ihn in großer Geschwindigkeit mit den herrlichsten Gerichten. So etwas hatte der kleine Werner noch niemals vor seinen Schnabel bekommen. Da waren Leipziger Lerchen von Marzipan, inwendig mit Nußcreme gefüllt, Quittenwürste, Schinken von rosigem Schmelzzucker, Pastetchen mit Erdbeer-mus und unzählige Sorten eingezuckerter Früchte. Dazu tranken sie Ananaslimonade, die mit feinem Vanillecreme bedeckt war, und hinter ihnen standen immer die sechs kleinen

Konditor-burschen, bereit, auf jeden Wunsch zu springen und das Verlangte zu holen. Zum Nachtisch gab es, wie Goldflämmchen besonders bemerkte, etwas ganz Extrafeines, nämlich trockenes Schwarzbrot und Berliner Kuhkäse. Solche gewöhnlichen Gerichte waren nämlich in diesem Lande so selten und so schwer zu haben, daß sie für die allerschönsten Delikatessen galten. Nach dem Essen wurden die Holzpferde wieder vorgeführt und Goldflämmchen sagte: »So, nun geht's in die Bergwerke!« Sie stiegen auf und sausten auf den vortrefflichen Tieren zum nächsten Tore hinaus.

Die Bergwerke

Sie ritten durch Felder dahin, auf denen die herrlichsten Früchte und Gemüse wuchsen, die alle aus Marzipan, Schmelzzucker oder Schokolade mit Creme gefüllt bestanden, sie ritten mit sausender Eile durch herrliche Alleen von Obstbäumen auf das Gebirge zu, das teils mit weißen, glänzenden Abhängen, wie Kreidefelsen, teils finster und dunkel, als wenn es aus Basalt bestände, vor ihnen lag. Aber die Kuppen der fast schwarzen Berge waren ebenfalls glänzend weiß, als seien sie beschneit.

»Du denkst wohl, dort liegt Schnee?« sagte Goldflämmchen. »Wenn es hier schneit, da schneit es nur Streuzucker.«
Endlich sah Werner eine hohe, abgestufte, weißglänzende Felsenwand vor sich liegen, an der Hunderte von Arbeitern in allen Stockwerken mit Pochen und Hämmern fleißig beschäftigt waren. Sie ritten dicht heran und stiegen dann ab. »Dies ist der große Zuckerbruch«, sagte Gold-

flämmchen. »Diese ganzen Felsen bestehen aus dem schönsten weißen Kolonialzucker.«

Ganz in der Nähe war der Eingang einer Höhle sichtbar, und als sich ihr Werner und Goldflämmchen näherten, liefen eilfertig einige von den Bergleuten herbei, zündeten Fackeln an und leuchteten ihnen. Sie schritten tief in den Berg hinein, die Wände schimmerten und blitzten im Widerschein des Fackellichtes, und plötzlich traten sie hinaus in einen mächtigen Hohlraum, dessen Wände dicht mit riesenhaften Kristallen von durchsichtigem Kandiszucker bedeckt waren und im Lichte der Fackeln prächtig flammten und blitzten.

»Die große Kandishöhle!« sagte Goldflämmchen. Sie schritten hindurch und kamen an einen Ort, wo die Bergleute fleißig hämmerten und pochten und neue Gänge in das Gebirge trieben.
»Diese suchen nach Schmelzzucker!« sagte Goldflämmchen. »Der kommt in dieser Gegend in großen Nestern eingesprengt vor. Wenn sie ein solches finden, so holen sie ihn mit großen Löffeln heraus.«

Plötzlich, als sie noch weiter vordrangen, veränderte sich auf einen Schlag das Gebirge, statt weiß und glänzend, sah es matt und dunkelbraun aus und roch nach Vanille. »Wir kommen in die Schokolade!« erklärte Goldflämmchen.

Hier waren viele Leute geschäftig und hatten wie in einem Salz-bergwerk große Hallen herausgebrochen, in denen nur einzelne Pfeiler stehengeblieben waren. Die feinste Vanilleschokolade gab es nämlich nur im Innern des Berges, während der Tagebau draußen bloß Gewürzschokolade lieferte. Als sie dort endlich wieder ins Freie traten, bemerkte Werner einen rauschenden Bach, der aus einer Schlucht des Gebirges hervorkam und dem Tale zuströmte, wo er Mühlen trieb, die die Schokoladenblöcke in Tafeln zersägten.

»Willst du mal trinken?« fragte Goldflämmchen, »es schmeckt gut, es ist eitel Likör.« Der kleine Werner hatte einen mächtigen Durst bekommen von den vielen Süßigkeiten, die er genossen und gesehen hatte, und aus dem Bache stieg ein so frischer, verlockender Duft auf, daß er den Becher eilig ergriff, den ihm ein gefälliger Bergmann reichte, und ihn auf einen Zug austrank. Aber kaum hatte er ihn geleert, da fing die Welt an, in höchst sonder-barer Weise um ihn herumzugehen, er sah zwei Goldflämmchen, vier Goldflämmchen, hundert Goldflämmchen, die vor seinen Augen flimmerten und blitzten und schließlich zu einem leuchtenden Schein zusammenflossen, und in diese goldene Flut hinein schwamm seine Besinnung und war weg.

Schluß

Der erste Ton, den der kleine Werner wieder vernahm, war das Zirpen einer Blaumeise. Er bemerkte mit Ver-wunderung, daß er auf dem Baumstumpf unter der alten Buche saß, vor sich den kleinen Tannenbaum. Die Blau-meise zirpte und hüpfte wie vorhin in den Tannenzweigen, allein Werner verstand nicht mehr, was sie sagte. Dann flog sie empor und verlor sich in dem Gezweige der Buche. Mit Schrecken fiel ihm jetzt ein, daß es bald Abend sein müsse und seine Mutter gewiß schon voller Angst auf ihn gewartet habe. Allein als er nach dem Stande der Sonne blickte, ward er mit Erstaunen gewahr, daß kaum eine Viertelstunde vergangen sein konnte, seit er diesen Ort verlassen hatte. Er konnte sich dies verwunderliche Ding nicht erklären, da er jedoch zu begierig war, seiner Mutter und der kleinen Anna seine sonderbaren Erlebnisse mitzuteilen, so hieb er schnell den Tannenbaum ab und begab sich, so schnell er es mit seiner Last vermochte, nach Hause. Als er hier mit glänzenden Augen und fliegender Hast alles erzählt hatte, ward seine Mutter ganz böse und sagte, er solle sich nicht unterstehen und noch einmal bei solchem Wetter im Walde einschlafen; wenn es nur etwas kälter gewesen wäre, hätte er den Tod davon haben können. Hinterher aber schüttelte sie den Kopf und meinte im stillen: »Wo der Junge nur all das wunderliche Zeug herträumt.«

Anna aber lief dem kleinen Werner, der weinend, daß ihm die Mutter keinen Glauben schenkte, hinausgegangen war, eilends nach und ward nicht müde, ihn auszufragen. Besonders Goldflämmchen und den Puppensaal mußte er immer wieder beschreiben, so daß er ganz getröstet wurde und die Geschichte noch einmal von vorn erzählte. Er mußte sie ihr all die folgenden Tage wer weiß wie oft wiederholen, und einmal gingen beide in den Wald, um den Ort zu suchen, wo der Eingang in das wunderbare Land gewesen war. Allein, ob sie gleich bis an die Stelle vordrangen, wo der kleine Bach aus einer sumpfigen Waldwiese entsprang, nirgends fanden sie einen Ort, der auch nur im mindesten auf die Beschreibung Werners gepaßt hätte, so daß dieser ganz verwirrt und beschämt vor Anna dastand und nicht wußte, wie ihm geschah.

So kam der Weihnachtstag heran. Vorher hatte es zwei Tage mächtig geschneit, so daß die Welt recht weihnachtsmäßig und wie es sein muß, aussah. Es war schon finster geworden, und die Kinder saßen erwartungsvoll in der dunklen Kammer und flüsterten miteinander und horchten auf die Mutter, die in der hellen Weihnachtsstube herumkramte und die kleine dürftige Bescherung aufbaute, da kam es von ferne auf einmal wie Schlittengeklingel näher und näher heran, und dazwischen knallte lustig eine Peitsche. Nun war es ganz nahe, und plötzlich hielt es an, man hörte die Pferde vor dem Hause stampfen und nur leise noch die Schellen klingen, wenn die Tiere den Kopf bewegten.

»Der Weihnachtsmann! Das ist der Weihnachtsmann!« rief Werner. Nun hörten sie Türen gehen und eine Männerstimme sprechen, und plötzlich rief die Mutter: »Kinder, kommt herein, der Onkel ist da!«
Werner und Anna liefen in die Stube und sahen dort einen Mann in großem Reisepelz, der ihnen beide Hände entgegenstreckte und rief: »Kommt her, liebe Kinder!« Dann hob er sie einzeln auf und küßte sie und sagte: »Ihr sollt mit mir kommen in die Stadt und bei mir in meinem großen Hause wohnen. Ich will euer Vater sein und euch zu tüchtigen Menschen erziehen.« Unterdes ging ein riesiger Kutscher mit einer Pelzmütze, einem langen, weißen Bart und einem Mantel mit sieben Kragen immer ab und zu und trug viele große Pakete in die Stube. Als diese später geöffnet wurden, gingen eine Menge der schönsten Dinge daraus hervor, so daß es eine Weihnachtsbescherung gab, wie sie in diesem Hause noch nicht erlebt worden war. Als später Werner und Anna zu Bette gingen, flüsterte er ihr geheimnisvoll zu: »Weißt du, wer der Kutscher war mit der

Pelzmütze, dem langen, weißen Bart und dem großen Mantel? – Es war der Weihnachtsmann. Ich habe ihn wohl wiedererkannt, und er hat mir mit den Augen zugezwinkert.«

Wie aber war der alte reiche Onkel, der als ein menschenscheuer Geizhals allein lebte und sich niemals um seine arme Schwester und ihre Kinder gekümmert hatte, zu solcher guten Tat gekommen? Er hat es nachher selbst erzählt. In der Nacht nach dem Tage, an dem Werner den Weihnachtsmann besuchte, hatte der Onkel einen seltsamen Traum gehabt. Ein Mann mit einer blauen Sammetkappe und einem langen, weißen Bart stand, in einen goldenen Talar gehüllt, plötzlich vor ihm, schaute ihn mit mächtigen blauen Augen eine Zeitlang durchdringend an und sprach langsam und nachdrücklich: »Konrad Borodin, hast du eine Schwester?!« – Da überkam ihn ein solches Gefühl der Angst, daß er nicht zu antworten vermochte. Dann schwand die Erscheinung allmählich hinweg, und nur die Augen waren immer noch drohend auf ihn gerichtet. Diesen Traum hatte er drei Nächte hintereinander gehabt. In der Zwischenzeit wurde er von einer unbeschreiblichen Unruhe in seinem öden und toten Hause umhergetrieben, und immer dröhnte der tiefe, vorwurfsvolle Klang dieser Traumesworte in sein Ohr. Endlich am Morgen nach der dritten Nacht lief er in die Stadt und kaufte zur großen Verwunderung aller Leute, die seinen früheren Geiz kannten, die herrlichsten Dinge zusammen, bestellte einen Schlitten, packte alles hinein und fuhr ohne weiteres zu seiner armen Schwester.
Der kleine Werner hat nachher etwas Tüchtiges gelernt und ist ein berühmter und angesehener Mann geworden. Er hat mir diese Geschichte selbst erzählt.

Heinrich v. Kleist, Bd. 64 *Die Memoiren der Fanny Hill*, John Cleland, Bd. 65 *Die Ratten*, Gerhard Hauptmann, Bd. 66 *Die Räuber*, Friedrich v. Schiller, Bd. 67 *Die Regentrude*, Theodor Storm, Bd. 68 *Die Reisen des Baron zu Münchhausen*, Bd. 69 *Die Schatzinsel*, Robert Louis Stevenson, Bd. 70 *Die Verlobten*, Allessandro Manzoni, Bd. 71 *Die Verwandlung*, Franz Kafka, Bd. 72 *Die Verwirrungen des Zöglings Törleß*, Robert Musil, Bd. 73 *Die Waffen nieder*, Berta von Suttner, Bd. 74 *Die Wahlverwandtschaften*, Johann Wolfgang v. Goethe, Bd. 75 *Don Carlos*, Friedrich v. Schiller, Bd. 76 *Eduards Traum*, Wilhelm Busch, Bd. 77 *Effi Briest*, Theodor Fontane, Bd. 78 *Egmont*, Johann Wolfgang v. Goethe, Bd. 79 *Ein Held unserer Zeit*, Michail Lermontoff, Bd. 80 *Einsichten und Ausblicke*, Gerhard Hauptmann, Bd. 81 *Emilia Galotti*, Gottold Ephraim Lessing, Bd. 82 *Erinnerungen aus galanter Zeit*, Giacomo Casanova, Bd. 83 *Erzählungen*, Wilhelm Busch, Bd. 84 *Es waren zwei Königskinder*, Theodor Storm, Bd. 85 *Essays*, Michel de Montaigne, Bd. 86 *Franz Sternbalds Wanderungen*, Ludwig Tieck, Bd. 87 *Fräulein Else*, Arthur Schnitzler, Bd. 88 *Frühlings Erwachen*, Frank Wedekind, Bd. 89 Gedanken, Blaise Pascal, Bd. 90 *Gefährliche Liebschaften*, Pierre-Ambroise-François Choderlos de Laclos, Bd. 91 *Gegen den Strich*, Joris-Karl Huysmany, Bd. 92 *Geschichte des Fräuleins von Sternheim*, Sophie v. La Roche, Bd. 93 *Geschichte vom braven Kasperl und dem Annerl*, Clemens Brentano, Bd. 94 *Geschichten aus dem Wienerwald*, Ödön v. Horváth, Bd. 95 *Glanz und Elend der Kurtisanen*, Honore de Balzac, Bd. 96 *Glück und Unglück der berühmten Moll Flanders*, Daniel Defoe, Bd. 97 *Götz von Berlichingen*, Johann Wolfgang v. Goethe, Bd. *98 Gullivers Reisen*, Jonathan Swift, Bd. *99 Heidis Lehr und Wanderjahre*, Johann Spyri, Bd. 100 *Heinrich von Ofterdingen*, Novalis, Bd. 101 *Hiob Roman eines einfachen Mannes*, Joseph Roth, Bd. *102 Immensee*, Theodor Storm, Bd. 103 *Iphigenie auf Tauris*, Johann Wolfgang v. Goethe, Bd. 104 *Italienische Märchen*, Clemens Brentano, Bd. 105 *Ivannhoe*, Walter Scott, Bd. 106 Jahrmarkt der Eitelkeiten, William Makepaece Thackeray, Bd. 107 *Jane Eyre*, Charlotte Brontë, Bd. 108 *Jugend ohne Gott*, Ödön v. Horvath, Bd. 109 *Jürg Jenatsch*, Conrad Ferdinand Meyer, Bd. 110 *Kabale und Liebe*, Friedrich v. Schiller, Bd. 111 *Kasimir und Karoline*, Ödön v. Horvath, Bd. 112 *Kinder- und Hausmärchen*, Gebrüder Grimm, Bd. 113 *Kleiner Mann, was nun*, Hans Fallada, Bd. 114 *König Alkohol*, Jack London, Bd. 115 *Krambambuli*, Marie Ebner-Eschenbach, Bd. 116 *Lausbubengeschichten*, Ludwig Thoma, Bd. 117 *Lavinia - Pauline - Kora*, George Sand, Bd. 118 *Leben und Lüge*, Detlev von Liliencron, Bd. 119 *Lebensansichten des Katers Murr*, ETA Hoffmann, Bd. 120 *Lenz. Der hessische Landbote*, Georg Büchner, Bd. 121 *Lieutenant Gustl*, Arthur Schnitzler, Bd. 122 *Lord Jim*, Joseph Conrad, Bd. 123 *Luise*, Johann Heinrich Voß, Bd. 124 *Madame Bovary*, Gustave Flaubert, Bd. 125 *Märchen*, Wilhelm Hauff, Bd. 126 *Maria Stuart*, Friedrich v. Schiller, Bd. 127 *Max Havelaar*, Multatuli, Bd. 128 *Meister Floh*, ETA Hoffmann, , ... und viele andere mehr

Von demselben Autor/Herausgeber sind bei BOD bereits erschienen:

Alle Tage Feiertage
ISBN 978-3-7386-0409-2, 280 S.
Allerlei Anlässe zum Aktionieren, Feiern und Gedenken

100 Kinderlieder
ISBN 978-3-7322-3024-2, 112 S.
100 Kinderlieder, altbekannt und immer wieder gern gesungen

Liederbuch (Deutsche Volkslieder)
ISBN 978-3-8423-6702-9, 312 S.
300 Volkslieder aus 8 Jahrhunderten und aller Herren Länder

Sagen und Erzählungen aus Marburg und Oberhessen
ISBN 978-3-7347-8909-0 , 164 S.
Allerlei Schwänke und Geschichten aus dem Marburger Land

Tausenderlei über die Freiheit
ISBN 978-3-7322-9721-4, 140 S.
Mehr als 1000 Zitate, Bonmots und Aphorismen über die Freiheit

Tausenderlei über das Glück
ISBN 978-3-7322-5525-2, 160 S.
Mehr als 1000 Zitate, Bonmots und Aphorismen über das Glück

Tausenderlei über die Liebe
ISBN 978-3-8423-7474-4, 140 S.
Mehr als 1000 Zitate, Bonmots und Aphorismen zum Thema Nr. Eins

Weihnachtsgedichte– Verse, Reime und Gedichte zum Fest
ISBN 978-3-7347-6393-9, 352 S.
290 Werke bekannter und unbekannter Dichter zum Weihnachtsfest

Weihnachtsgeschichten - Erzählungen und Märchen
ISBN 978-3-7347-6404-2, 392 S.
85 kurze und lange Texte zur Weihnachtszeit

Weihnachtsgeschichten 2
ISBN 978-3-7481-7533-9, 360 S.
35 kürzere und längere Geschichten zur Weihnacht

100 Weihnachtslieder
ISBN 978-3-7322-3375-5, 112 S.
100 Weihnachtslieder aus der Heimat und der ganzen Welt